タヌキの嫁入り

Marriage of a raccoon dog

伊郷ルウ
RUH IGOH presents

ガッシュ文庫
KAIOHSHA

イラスト／小路龍流

CONTENTS

本作品の内容はすべてフィクションです。
実在の人物・地名・団体・事件などとは一切関係ありません。

第一章

木漏れ日だけが頼りの薄暗い獣道を、一匹の小さな狸《たぬき》が時折、後方を気にしながら懸命に走っている。

仲間たちが暮らす狸の村をこっそり抜け出し、人々が暮らす里を目指しているのだ。

狸の村は山の奥深い森の中にある。

今でこそ木々の葉が赤や黄色に染まって美しいが、冬ともなると雪に埋もれてしまう厳寒の森。

そこで狸たちは大きな群れを作り、人間の目から逃れるようにして暮らしている。

人間は恐ろしい生き物だから、けっして人里に下りてはいけない。それが狸の村の掟《おきて》だ。

けれど、まもなく二歳になるタロウは、掟を破れば長老や親から叱られるとわかっていながら狸の村を出てきた。

どうしても人間を見てみたい。二本の脚で立って歩くという人間を、自分の目で見たいという好奇心に負けたのだ。

『はぁ、はぁ……』

走り続けているタロウの息がどんどん荒くなっていく。

いったいどれくらいの時間が経《た》ったのだろうか。

ふと脚を止めて空を仰ぎ見ると、狸の村を出たときには高い位置にあった太陽がいつの間にか大きく西に傾いている。

『大丈夫かなぁ……』

少し不安になってきたタロウは、脚を止めたままあたりを見回す。

生まれたときから一度も狸の村を出たことがない。

山を下れば人間が暮らす里があると聞いているだけで、麓《ふもと》までどれくらい距離があるか知らないのだ。

耳を澄ましてみても、聞こえてくるのは風に揺れる葉擦れの音ばかり。

枯れ葉を踏みしめながら走っているときは気にならなかったのに、静まり返った森がひどく怖くなってきた。

興味本位で飛び出してきてしまったことを、タロウは今になって後悔し始める。

『もう戻ろうかな……』

このまま走り続けても、いつ麓に辿《たど》り着くか見当もつかない。

もし陽《ひ》が落ちてしまったら、迷子になってしまうかもしれない。

今ならまだ木々のあいだから陽差しが零《こぼ》れているから、このまま来た道を戻れば狸の村に帰ることができる。

『お母さんもきっと心配してる……』

急に母親が恋しくなったタロウが方向転換したそのとき、すぐ近くでガサガサッと木々を分け入るような音がした。

『うわっ！』

思わず声をあげて飛び退《の》いたタロウは、丸い目を瞠《みは》って薄暗い藪《やぶ》を凝視する。

葉擦れの音ではない。藪の中に、絶対なにかがいるはずだ。

小さな鼻をクンクンと動かしてみると、仲間とは違う臭いがしてきた。

それは、狸にとって好ましくない臭いだった。

『イノシシ……』

何度か狸の村を荒らしに来たイノシシと遭遇しているから、この臭いに覚えがある。

まだ姿を現していないが、大人のイノシシであればかなり躯《からだ》が大きい。

イノシシが狸の村を狙うのは食料が豊富にあるからで、狸を襲うことはなかった。

それでも、なにかの拍子に突進してくることがあり、タロウも前に追いかけ回されたことがあった。

藪の中にいるイノシシも、自分の存在に気づいているはずだ。飛び出してきたイノシシに体当たりなどされたらひとたまりもない。

『逃げなきゃ』

イノシシの姿を確認するまでもなく、タロウは一目散に獣道を駆け出す。

と同時に、背後でバキバキと枝が激しく鳴り、地面を蹴る蹄《ひづめ》の音が森に響き始めた。

その音から、かなりの巨体だとわかる。イノシシは脚が速いから、もたもたしていたら追いつかれてしまう。

『はっ、はっ……』

タロウは脇目も振らず懸命に走った。

息が苦しくても四肢を動かし続ける。とにかくイノシシから遠く離れなければと、それだけを考えていた。

けれど、どんなに頑張っても、イノシシが土を蹴る音は遠ざからない。それどころか、どんどん近づいてきている。

『えいっ』

身の危険を感じたタロウは、獣道を逸《そ》れて藪の中に飛び込む。

いくら身を潜めたところで、臭いを消すことはできないから、近くにいたのではすぐに見つかってしまうだろう。

躯が枝に触れて音が立たないように気をつけながら、少しずつ藪の奥を目指していく。

しばらくして現れた大木の裏側に隠れ、その場にじっとして耳をそばだてる。

ドドドドドーッと巨体が走る音が聞こえてきたかと思うと、すぐに遠ざかっていった。

イノシシはどうやら狸が道を逸れたことに気づかなかったようだ。

けれど、安心はできない。イノシシが舞い戻ってくる可能性がある。

タロウは大木に身を寄せたまま、しばらく聞き耳を立てていた。

『もう大丈夫かな……』

大木の陰からヒョイと顔だけを出し、鼻を動かしながら藪の向こうに目を凝らす。

森は静まり返っている。イノシシの臭いもしない。

どこかに行ってしまったようだと、タロウはようやく胸を撫《な》で下ろした。

『怖かったぁ』

ブルブルッと躯を振って柔らかな毛を揺らし、前脚の先をペロペロと舐《な》めて気持ちを落ち着かせる。

里にいる人間は恐ろしいと聞いているが、森にも恐ろしい生き物がいることをすっかり忘れていた。

やはり安心していられるのは、仲間たちがいる狸の村だけ。興味本位で里に下りようとしたから罰があたったのだ。

『早くお母さんのところに戻ろう』

外の世界はもう懲り懲りと思ったタロウが、獣道に向かって歩き出したそのとき、いきなり前脚に激痛が走った。

『ギャーッ』

あまりの痛さに叫び声をあげ、反射的に前脚を引く。

けれど、思うように動かないばかりか、どんどん痛みが酷《ひど》くなっていく。

自分の身になにが起きたのかさっぱりわからない。

脚を引こうとすると痛い。なにかで前脚の先が締めつけられている。

やんちゃな盛りのタロウは、たくさん怪我《けが》をしてきた。そして、大概の怪我は舐めれば治るものだと学んできた。

それなのに、ジンジンする前脚を舐めてみたけれど、痛みは少しも和らがない。

痛くて痛くて、涙が溢《あふ》れてきた。

『痛いよー、お母さーん……』

激しい痛みと動けない恐怖から、必死に声をあげた。

タロウはもう間もなく親離れの季節を迎え、独り立ちをする。けれど、今、頼れるのは母親しかいない。

ここから狸の村にいる母親に声が届くわけがないとわかっていても、声をあげずにはいられなかった。

『お母さ――――ん』

どれほど叫んでみても、静まり返った森に響くのは自分の声だけ。

なにもしなくても痛くてしかたないのに、強引に脚を引き抜く勇気はない。

もう狸の村に戻れないのだろうか。もう仲間たちと会えないのだろうか。

『お母さ――――ん』

耐え難い痛みと、恐怖から逃れられないタロウは、声が嗄《か》れるまで叫び続けていた。

第二章

「まだ温かい……生きてるのか」

聞いたことがない声と、嗅いだことがない臭いに、泣き疲れて寝てしまっていたタロウは目を覚ました。

藪の中で一夜を明かしてしまったのか、周りがすっかり明るくなっている。

起き上がろうとしたけれど、痛みと疲れと空腹で動けず、ぐったりしたまま声が聞こえたほうに目を向けてみる。

「痛いだろう？　すぐに外してあげるよ」

見たこともない生き物がすぐ前にいて、前脚の先を締めつけているものを外してくれた。

「まだ小さいのに可哀想《かわいそう》に……骨は折れてないみたいだから、治れば普通に歩けるようになりそうだな」

血が滲《にじ》んでいるタロウの前脚を見ながら、見たことがない生き物が喋《しゃべ》っている。

「ペンションに連れて帰るか……」

いきなり小さな躯を持ち上げられ、タロウは慌てふためく。

脚は相変わらず痛いのだが、わけのわからない生き物に捕まったのだからそれどころではなかった。

「大丈夫、怪我の手当をしてあげるだけだよ。痛いままじゃイヤだろう？」

ジタバタ暴れても放してくれない。そのうえ、今度は急に目線が高くなって驚きに躯が竦《すく》んだ。

いったいこの生き物はなんだろうか。目も鼻も口もあるのに、毛は頭にしか生えていない。それに、前脚がおかしな動きをする。

（もしかして人間？）

そういえば、二本の脚で立っている。

きっと、これが人間なんだろう。

でも、人間は怖い存在だと聞かされていたのに、あまり恐怖は感じなかった。

「モコモコしてて可愛《かわい》いなぁ……こんな子供の狸を見るのは初めてだ」

ジーッとタロウの目を覗《のぞ》き込んでくる。

人間の目が狸と少し違うことに気づく。

真ん中が黒くて、その両脇が白い。不思議な形をした目を、タロウはクリッとした丸い瞳で見返した。

『あなた人間？　ボクの怪我を治してくれるの？』

「そんなに鳴いて、脚が痛いんだね」

『あれ？　ボクの言ってることわからないの？』

「さあ、急いで帰ろう」

タロウの質問に答えることなく、人間は藪の中を歩き出す。

人間が言っていることをタロウは理解できている。それなのに、タロウの言葉は通じていないらしい。

どちらにしろ、怪我を治してくれようとしているのだから、悪い人間ではなさそうだ。

それに、なんだかこの人間に躯を預けていると安心していられる。

とっても温かくて、母親に寄り添っているかのようだった。

「子狸《こだぬき》って大人しいんだな」

タロウの頭に人間が手を置いてくる。

頭をすっぽり覆えるくらい大きく、タロウは一瞬、ビクッとした。

「いい子だ」

頭の上で手を優しく回されると、うっとりするくらい気持ちがいい。

つい躯を人間に擦り寄せ、痛む前脚の先をペロペロと舐めた。

「痛そうだな、ペンションはもうすぐそこだからね」

夢中になって傷口を舐めていたタロウは、むくりと頭を起こして前方に目を向ける。

少し離れたところに、なにか得体の知れない巨大なものがあった。

（あれがペンションっていうのかな？）

狸の村を出たことがなかったタロウは、人間が暮らす世界についてなにも知らない。

目の前に現れた物体が、なんのためにあるのかなど理解できるはずもなく、興味津々で眺める。

「さあ、着いたよ。僕が経営してるペンション〈トロールの森〉……って言っても狸には通じないか」

ザクザクと枯れ葉を踏みしめて歩く人間が、笑いながらタロウを見てきた。

わからない言葉が多く、言っていることが理解できなかったタロウは、丸い瞳でただ人間を見返す。

（経営ってなんだろう？〈トロールの森〉って？）

説明してほしくても、それができないのがもどかしくてしかたない。

どうして狸の言葉は通じないのだろうかと思っていると、人間がそのまま巨大な物体の中に入っていった。

（なにここ……）

広い空間になっていて、とても暖かい。

家族と暮らしている土の穴蔵よりも、ずっと暖かで気持ちがよかった。

「オーナー、おはようございます」

いきなり別の人間が姿を見せ、タロウは身を硬くする。

「おはようございます、美加代《みかよ》さん。猟師さんが仕掛けた罠《わな》で怪我をした子狸を保護したので、救急箱を持ってきてくれませんか」

「あら、それは大変」

姿を見せたばかりの人間が、どこかに行ってしまった。

ここにはたくさんの人間がいるのだろうか。タロウは急に恐怖を覚え、ぶるぶると震え出す。

「美加代さんは、ここで働いてくれている人で、お母さんみたいに優しい人だから怖くないよ」

話しかけてくる人間の優しい声と、お母さんみたいという言葉にタロウは安堵《あんど》した。

「お客様が起きてくるまで時間があるから、暖炉のそばに行こうか」

人間がタロウを連れて移動する。

（暖炉？）

首を傾《かし》げたタロウの耳に、パチパチという音が聞こえてきた。

そちらに目を向けてみると、無造作に積み上げられた太い枝が赤く染まっている。

先ほどよりもずっと暖かくて、まるで陽当たりのいい場所にいるかのようにポカポカしていた。

これが暖炉というものなのだろうか。狸の村にも暖炉があれば、仲間たちも冬に寒い思いをしないですみそうだ。

「オーナー？」

「美加代さん、こっちです」

姿を消した人間が戻ってきた。

（ミカヨさんって名前なのかな？　じゃあ、こっちの人間はオーナーが名前？　なんか変なの……）

目にするもの、耳にするもののすべてが新しく、タロウはなぜ自分がここにいるのかも忘れて興味を募らせる。

「幸い、あまり酷《ひど》い怪我ではないようなので、消毒して軟膏《なんこう》を塗れば大丈夫ですよね？」

「動物は舐めてしまうから、包帯を巻いたほうがいいかもしれませんよ」

「ああ、そうか……」

「私が手当をしますから、オーナーは椅子に座って狸を抱っこしててください」

「すみません、お願いします」

人間同士のやり取りがほとんど理解できず、タロウはきょとんとしたまま形状の異なる顔を交互に見やった。

仲間たちはそれぞれに特徴があって識別できるけれど、概《おおむ》ね同じような顔をしている。人間は狸とはまったく違う。まず全体の大きさからしてすごく差がある。それに、顔の形も、頭に生えてる毛の色も、手脚の太さと長さも、すべてが違って見えた。

狸の牡《おす》は躯が大きく、牝《めす》は一回り小さい。人間も同じだとしたら、あとから姿を見せた美加代は人間の牝なのかもしれない。

『痛っ』

考え事に耽《ふけ》っていたらいきなり傷口がジーンと痺《しび》れ、タロウは思わず脚を引っ込めた。

「ごめん、浸《し》みた？　傷を早く治すためだからちょっと我慢して」

怪我をしている脚をオーナーに掴《つか》まれ、抗《あらが》うのをやめる。

このままでは狸の村に歩いて帰ることもできないだろう。

人間を信じたりするのは馬鹿げたことなのかもしれないが、今のところ酷い扱いはされていない。

それに、狸の村にはない傷を早く治すためのなにかを、人間たちは持っているようだ。

少しの我慢で傷がよくなるのなら、おとなしくしていたほうがいいように感じたタロウは、とりあえず人間に任せてみようと思っていた。

第三章

人間に傷の手当てをしてもらったけれど、まだ歩けるようになっていないタロウは、そのままペンション〈トロールの森〉で過ごしていた。

寝床として暖炉の前に置かれた段ボール箱には毛布が敷かれ、朝と夜には好物の木の実や果物が与えられている。

まさに至れり尽くせりの状態で、言葉にして思いを伝えることができないタロウは、心の中で助けてくれたオーナーに日々、感謝していた。

初めて人間に接してから五日になる。人間の近くで過ごしてきたタロウは、様々なことを見聞きすることで知識を得ていった。

いつもペンションにいるのはオーナーと美加代で、他の人間は来たかと思うと次の日には帰ってしまうこともある。

けれど、すぐに別の人間がやってきて、人間が出たり入ったりするペンションはいつも賑《にぎ》やかだ。

ここではオーナーが一番、偉い人間らしいが、なぜかぺこぺことよく他の人間に頭を下げている。

オーナーは狸の村にいる長老みたいな存在だろうと思ったのだが、偉そうにしていないのがタロウは不思議でならなかった。

他にわかったことは、人間は色々な形をした服というものを身に着け、牡は男性、牝は女性と呼ばれていること。

さらには、椅子、テーブル、ソファといった、動かない物体の名称も幾つか覚えた。

人間は二本の脚で立って歩いたり座ったりするばかりか、器用に動く前脚が腕と呼ばれていることも知った。

ペンションにやって来るのは女性が多く、なぜかみながタロウの存在に気づくと寄ってくる。

最初は変な感じがしたものの、可愛いと言われたり、撫でられたりするのが次第に心地良くなり、今では誰もかまってくれないと寂しくなった。

『早く下りてこないかなぁ……』

段ボールの中で丸くなっていたタロウは、そろそろ上の階で寝ているオーナーが下りてくるころだと気づき、むくりと起き上がって身を乗り出す。

前脚の傷口もようやく塞がり、四つ脚で立っていることもできるようになっていた。何日も戻らないでいるから、母親はさぞかし心配していることだろう。いつまでも、ここにはいられない。

ただ、いきなり姿を消すことに躊躇《ためら》いがある。どうにかしてオーナーに感謝の気持ちを伝えたいのだ。

どうすればいいだろうかと、傷が癒えていくほどにタロウはそのことばかり考えるようになっていた。

『あっ、来た……』

階段を下りてくる足音が聞こえ、タロウは胸を弾ませる。

ペンションにいる人間はみな可愛がってくれるが、オーナーにかまってもらえるのが一番、嬉《うれ》しい。

誰よりも自分に優しくて、心の底から怪我の心配をしてくれているような気がしていた。

「コタちゃん、傷の具合はどうかな？」

タロウに呼びかけてきたオーナーが、段ボール箱の前にしゃがむ。

コタというのはオーナーが付けてくれた名前だ。子供の狸だからコタらしい。きちんとした名前があるけれど、タロウには伝える術がない。違う名前で呼ばれるのは妙な気分だけれど、しかたないことと諦めていた。

「いい子にしてたかい?」

オーナーがタロウの小さな頭を撫でてくれる。

ふかふかした毛の触り心地が好きなようで、頭から背中、そして、尻尾の先までいつも丹念に撫で回した。

人間の手はとても大きくて、撫でられるとすごく気持ちがよく、タロウは丸い瞳でオーナーをジッと見上げながらゴロンと転がり、無防備に腹を見せる。

危険だとは少しも思わない。どうして狸にとって人間が恐ろしい存在になってしまったのか、タロウは不思議でならなかった。

「傷の具合はどうかな?」

怪我をした前脚をそっと掴んだオーナーが、傷口に顔を近づけてくる。

最初は包帯という白いものが巻かれていたけれど、今はなにもしていない。血が滲んでいた傷口も、もうすっかり乾いていた。

「ああ、大分よくなってる。もう山に戻してもよさそうだな」

優しそうな目を細くしたオーナーが、そっと前脚を下ろしてくれる。

（山に戻れる……）

タロウは素直に喜べなかった。

早く母親に会いたい気持ちがあるのだが、今すぐ山に戻ってしまったら、オーナーに感謝の気持ちを伝えることができない。

『オーナー、オーナー……』

タロウは段ボール箱の縁に前脚を載せて後ろ脚立ちになり、必死に呼びかけてみた。

もしかしたら、オーナーには通じるかもしれない。

そんな期待を込めて何度も呼びかけたけれど、何故《なぜ》かオーナーは困ったような顔で見返してきた。

「どうしたんだい？　ああ、お腹《なか》が空《す》いているのか……じゃあ、ご飯を食べたら山に戻してあげるよ」

『違うの、まだ帰りたくないんだ、オーナー……』

オーナーは声をあげるタロウの頭を優しく撫でて立ち上がり、その場から立ち去ってしまった。

（やっぱりボクの言葉は通じないんだ……）

がっかりしたタロウは段ボールの中で躯を丸め、大きな溜息《ためいき》をもらす。

『はーぁ……』

優しくしてくれたオーナーに、感謝の思いを伝えられないのが辛い。

人間の言葉が理解できるのに、自分の言葉が人間に通じないのが、タロウは悔しくてならなかった。

＊＊＊＊＊

「罠にかからないように、気をつけて森に戻るんだよ」

タロウを抱えて山の麓から獣道をしばらく上がってきたオーナーが、そっと地面に下ろしてくれた。

『ありがとう、オーナー、助けてくれて本当にありがとう』

真っ直《す》ぐにオーナーを見上げて声をかけると、オーナーが目の前にしゃがみ込んだ。

「ありがとうって言ってくれてるのかな？　なんだかそんな気がした……」

オーナーが不思議そうにタロウの瞳を見つめてくる。

『そうだよ、ボク、オーナーにとっても感謝してるんだよ』

「そんなふうに鳴かれると別れがたくなるから、もう山にお帰り」

急《せ》かすように尻尾のつけ根を優しく叩《たた》かれ、タロウは急に寂しさを覚えた。

狸の村に戻ってしまったら、もう二度とオーナーと会えない。

これからはオーナーに撫でてもらったり、遊んでもらうことができなくなると思っただけで、脚を前に踏み出せなくなった。

「コタちゃん、きっとお母さんが心配しているよ」

『オーナー……』

「もう山を下りてきたらダメだからね」

両手で尻を押され、タロウはしかたなく獣道を歩き出す。

狸は人間と一緒にいられない。自分が暮らす場所は、山の奥深くにある狸の村。そう自分に言い聞かせながら前に進む。

「気をつけて帰るんだよ」

後ろから聞こえてきたオーナーの声に、タロウはピタリと脚を止めて振り返る。

『さようなら、オーナー、ありがとう』

手を振っているオーナーに大きな声で別れを告げ、思いを断ち切るように勢い良く前に向き直った。

ひどく寂しくて涙が滲んできたけれど、もう振り返らないと心に決め、一気に獣道を駆け出していく。

またイノシシに遭遇したらどうしようといった思いもあり、タロウは休むことなくひたすら走り続けた。

息を切らしながら獣道を上っていく。帰りの目印になるようにと積み上げていた小枝の山に行きあたり、狸の村が近いことを知る。

ただ、安心はできなかった。狸の村の周りにイノシシがいるかもしれないのだ。

山を下りていくときは、イノシシのことなどまったく考えていなかったけれど、いきなり出くわして怖い思いをしたタロウは、周囲に気を配りながら脚を進める。

間もなく狸の村の入口というところで、藪のほうからパキパキと枯れ枝を踏みしめる音が聞こえてきた。

『わ――――っ！』

音の大きさからして巨体のイノシシに違いないと思ったタロウは、脇目も振らず狸の村に向かって突っ走る。

入口まであと少し。村の中に入ってしまえば、仲間たちが総出でイノシシを追い払ってくれるはずだ。

『タロウ、タロウなの？　待ちなさいタロウ！』

地面を蹴る音に混じって、聞き覚えのある声が響いてきた。

『お母さん？』

走りながら振り返ったタロウは、懸命に駆けてくる母親の姿を見て脚を止める。

『お母さ――ん』

声を張り上げ、母親のもとに駆け寄って行く。

『お母さん』

大きな躯に体当たりをして、頭を母親の顎に擦りつける。

離れていたのは数日のことだが、母親がひどく懐かしく感じられた。

『どこに行っていたの？　勝手に村を出たらいけないことくらい知ってるでしょ』

『ごめんなさい、どうしても人間が見たくて……』

『なんですって！』

温《ぬく》もりに包まれた安堵から馬鹿正直に答えたことで怒りを買い、タロウは母親に思いきり突き飛ばされて地面に転がる。

『いったぁ……』

したたかに打った尻をペロペロと舐めていると、今度は耳にがぶりと噛《か》みつかれた。

『あんたって子は、いったいなにを考えているの？　恐ろしい人間を見るために山を下りたですって？　どれだけ母さんが心配したと思ってるの？　母さんは寝ずにあんたのこと捜し回ってたのよ！』

怒り心頭の母親に巻くし立てられ、タロウは耳を倒して項垂《うなだ》れる。

本当のことを言えば叱られることはわかっていた。だから、獣道を走っているあいだも上手《うま》い言い訳を考えていたのだ。

（なんで本当のこと言っちゃったんだろう……）

頭ごなしに叱られてしゅんとしながら、誤魔化《ごまか》せなかったことを後悔する。

『人間は私たちを平気で殺す恐ろしい生き物なのよ、あんたは自分の命を危険に晒《さら》したのよ、わかってるの？』

『はい……』

ものすごい剣幕《けんまく》の母親には、森に仕掛けられた罠にかかって怪我をしたことや、人間に助けられたことなど言えそうにない。

話して聞かせたところで、絶対に信じてくれないだろう。それに、普段は優しい母親がこんなにも怒るのは、自分のことを心配してくれているからだ。

『ごめんなさい、もう二度と山を下りたりしません』

『あたりまえでしょ』

鼻息も荒く言い放った母親が、ふいと前を向いて狸の村の入口を目指す。

そのあとを、タロウは神妙な面持ちでついていく。

自分たちの穴蔵でしばらくおとなしくしていようと思ったのに、なぜか母親は違う方向に脚を進めていた。

『お母さん、どこに行くの？』

『長老さまのところよ』

『えっ？　なんで？』

『村の掟を破ったものは長老さまの裁きを受けるのが決まり、あんたはそんなことも知らないの？』

声高に言い放った母親は、ズンズンと先を歩いて行く。

（裁きってなんだろう……怖いよ……）

狸たちが平和に暮らせるための村を築き上げた長老は、仲間たちからの信頼も厚く、誰もが崇《あが》め立てる存在だ。

年に一度の祭りのときにしか表に姿を見せることがなく、まだ子供のタロウは遠くからしか見たことがない。ちょっとした恐怖に身震いが起こる。

『ここで待っていなさい』

長老が暮らす穴蔵まで来ると、母親はタロウを外に残して中に入っていった。

狸の村を守るためにいろいろな決め事を作ったのは長老だ。それを破ったのだから、怒りは計り知れない。きっと長老は母親より怖いに違いない。

『まさかこんなことになるなんて……』

地面に座って待つタロウは、恐怖ばかりが募っていった。

『タロウ、入ってきなさい』

穴蔵の中から母親に呼ばれ、及び腰で長老に会いに行く。

自分たちが暮らす穴蔵よりもかなり広く、地面には質のよい藁《わら》がたっぷりと敷き詰められている。

入ってすぐのところに母親が座っていて、正面奥で貫禄《かんろく》のある牡の狸が寛《くつろ》いでいた。

（あれが長老さま……）

鼻と口の周りの毛がすっかり白くなっていて、全体に毛艶も悪い。年齢は聞いたことがなかったが、かなり高齢のように見えた。

『長老さまにあんたを厳しく躾《しつ》けていただくことにしたわ』

『えっ？』

穴蔵に入るなり言われたタロウは、目を丸くして母親を見返す。

『しばらく長老さまにあんたを預かっていただくから、しっかり反省しなさい』

母親は厳しい口調でタロウに言い放つと、長老に向けて深く頭を下げた。

『長老さま、不束《ふつつか》な息子ですが、どうかよろしくお願いいたします。ほら、あんたも頭を下げなさい』

母親の太い尻尾で背中を叩かれ、タロウは長老に頭を下げる。

『よろしくお願いします』

『では、長老さま、わたしはこれで』

長居は無用とばかりに、タロウを置いて母親が穴蔵を出ていく。

長老と自分だけになり、ただならない緊張が走った。

『タロウ、こちらに来なさい』

長老から呼ばれ、恐る恐る歩み寄っていく。

近くで見てみると、思っていたよりも温厚そうな顔立ちをしていて、目元がとくに優しそうだった。

『人間を見てみたかったそうだな？』

『はい……二本の脚で歩くという人間がどうしても見たくて……でも、遠くから見てすぐ戻るつもりだったんです』

正直に答えると長老の顔が少し険しくなり、タロウは不安を覚える。

『かなり長いあいだ村を出ていたようだが？』

長老は母親から事情を聞いたのだろう。

すぐに戻るつもりでいたと答えたから、タロウが嘘《うそ》をついたと思ったに違いない。

本当に人間を遠目から眺めてすぐに戻る予定だったタロウは、誤解を解かなければと焦る。

『すぐ帰らなかったのには理由があるんです』

『ほう、理由とな』

『はい、実は山を下りている途中で……』

タロウは狸の村を出てから戻ってくるまでのあいだに起きた出来事を、包み隠さず長老に話して聞かせた。

恐ろしい人間ばかりではないことを伝えたい思いもあり、怪我をした自分がどれだけ優しい扱いを受けたかを強調した。

『なるほど、タロウは帰るに帰れなかったのだな』

『はい』

『タロウ、おまえは幸いにも優しい人間と出会った。だが、恐ろしい人間もいることを肝に命じて、二度と山を下りようなどと考えてはいけない。よいな？』

『はい……あっ、長老さま！』

いったんは素直に返事をしたものの、急に大きな声をあげて前のめりになると、長老が険しい表情で見返してきた。

『なんだ？』

『ボクがこうして狸の村に戻れたのは、優しい人間が助けてくれたからです。怪我が治るまで面倒を見てくれたのに、ボクは人間にお礼が言えなかった……助けてもらったらお礼を言いなさいとお母さんによく言われます。たとえ助けてくれたのが人間でも、ボクは感謝の気持ちを伝えるべきだと思うんですけど、間違ってますか？』

大きく目を瞠って長老を見つめる。

オーナーになにか恩返しがしたい。そうしなければ、きっとこの先も後悔し続けてしまうだろう。

言葉で伝えることはできないけれど、他になにか方法があるかもしれない。長く生きてきた長老なら、それを知っているかもしれない気がしたのだ。

『勝手に山を下りたのは感心せぬが、感謝の心を持つおまえはなかなか良い子だな』

長老が理解を示してくれたことで安堵したタロウは、本格的に相談に乗ってもらおうとさらに身を乗り出す。

『どうしたらお礼ができるでしょうか？　ボクはどうしてもお礼がしたいんです』

『タロウ、おまえの真摯な気持ちは充分に伝わった。ワシならおまえの願いを叶《かな》えてやることができるが……』

『本当ですか？』

思いがけない言葉に、タロウが最後まで話を聞くことなく声をあげると、長老が呆《あき》れ気《ぎ》味《み》に笑った。

『そう慌てるな』

『すみません……』

長老から窘《たしな》められ、しおらしく項垂れてきちんと座り直す。

『これからワシが話すことを生涯、誰にも言わずにいられるか？　母親になにを聞かれても口を閉ざしていると誓えるか？　それだけの決意がなければ願いは叶えてやれぬ』

急に重みを増した長老の口調に、タロウはゴクリと喉を鳴らした。

死ぬまで黙っていなければならないこと。母親にすら話してはいけないこと。いったいそれはどんな話なのだろうか。

誰にも話さずにいるのは大変そうだけれど、オーナーに恩返しをするためなら頑張れるような気がした。

『ボク、約束します。絶対、誰にも言いません。だから、どうか人間に恩返しをさせてください』

心を決めたタロウは、長老に深く頭を下げる。

『その言葉を信じるぞ』

『長老さまとの約束をボクは破ったりしません』

頭を上げて、真っ直ぐに長老を見つめた。

一度きりとはいえ村の掟を破ってしまったのだから、長老は簡単には信じてくれないかもしれない。

それでも、オーナーにお礼がしたいという強い思いを、長老なら理解してくれるような気もしている。

不安な面持ちで答えを待っていたタロウは、敷いている藁を前脚でポンポンと軽く叩いて自分を呼び寄せた長老に歩み寄っていく。

『これからおまえに聞かせる話は、遠い遠い昔のことで、この村のものはワシ以外は誰も知らない』

静かな声で切り出した長老の話に、すぐそばで居住まいを正して耳を傾ける。

仲間の誰ひとりとして知らない話。ここでそれを聞いたら、村で知っているのは長老と自分だけということになる。

さすがに怖くなってきた。ずっと口を閉ざしていられるかどうか、自信が揺らぎ出す。

今ならまだ長老に話をやめてもらうことができる。でも、話を聞かなければ、オーナーに恩返しができない。

（助けてくれたお礼がしたい）

タロウは迷いに迷った末、長老の話の続きを聞くため、黙って耳を傾けることにした。

『遠い昔、ワシらは山の麓にある村で暮らしていた。この身を人間の姿に変えてな』

『えっ？』

初っ端《しょぱな》から理解し難い言葉が飛び出し、きょとんと長老を見返す。

『かつてワシらの一族は人間に化身できたのだよ』

『うそーっ』

『あるとき人間に狸だとばれてしまい、追われるようにして山奥に逃げ込んだワシらは、それから今日まで妖力を封じてきた。妖力とは神より与えられた特別な力だ。姿を変えたり、ものを生み出したり、強い力を持つものは天候すら自由に操れる』

話を続ける長老は真面目な顔をしている。

とても冗談を言っているようには見えない。

けれど、もし事実だとしたら、人間の姿になることができる。二本の脚で立って歩くことも、言葉を交わすこともできるのだ。

にわかには信じられない内容の話ではあったが、タロウの胸は期待に弾み始めた。

『時を経て妖術を使えた仲間はみな死んでしまい、子孫に受け継がれてきた妖力も使わぬことで代を重ねるほどに失《う》せていき、今は妖力を持つものは誰もおらぬ』

『えっ？　それじゃあ……』

一気に落胆したタロウは、がっくりと項垂れる。

けれど、その姿を見て、なぜか長老は笑い声をもらした。

解せない思いで顔を起こしたタロウに、にんまりとした長老が顔で近寄せてくる。

『ワシを除いてな』

その意味がすぐに理解できず、一瞬の間が空く。

『え――っ、長老さまが？』

ようやく長老が妖力の持ち主だと気づいたタロウは、すぐそばにある白い毛ばかりの老けた顔をマジマジと見つめた。

『もしかして、もしかして、自分だけじゃなくて、長老さまはボクを人間に変えたりもできるんですか？』

願いを叶えられると言ったのだから、たぶん長老の妖力を使えば可能なのだろう。

思ったとおり、長老は黙って大きくうなずいた。

『すごーい、すごーい、長老さま、すごーい』

オーナーとはもう会えないと思っていた。早く人の姿になってオーナーに会いに行きたい。人間の言葉を喋れるようになれば、きちんと礼が言える。

小躍りしたくなるほど嬉しい。こんなにも嬉しいことが今までにあっただろうか。

礼を言いに行ったら、オーナーはきっと喜んでくれるはず。

あれこれ考えて浮かれている中、タロウはふと不都合があることに気づいた。

『でも、人間の姿でお礼を言いに行ったら、化身できる狸がいるってことが知られちゃいますよね？』

『おまえは人間に恩返しがしたいのだろう？　人間の姿になれば、いろいろなことができる。おまえなりに感謝の言葉を伝える以外の恩返しを考えてみるがいい』

『言葉以外の恩返し……』

人間になったことがないから、すぐには思い浮かばない。

それでも、助けてくれたオーナーのために、自分にもできることがなにかあるはず。

『長老さま、ボクを人間にしてください。頑張って恩返しをしてきますから、お願いします』

タロウは深く深く頭を下げた。

『では、おまえの願いを叶えてやるから目を閉じろ』

『はいっ！』

元気よく返事をして、きつく目を瞑《つむ》る。

『はあ――――っ』

気合いの入った長老の声が聞こえると同時に、躯が燃えるように熱くなった。

熱くて、息苦しくて、もう耐えられそうにないと思ったそのとき、頭がゴンとなにかにぶつかって目眩《めまい》が起きる。

「いったぁ……」

『天井が低すぎたか……』

頭をぶつけてクラクラしているタロウは、痛みを我慢しながら笑い声をあげた長老に目を向けた。

「あれっ?」

長老がやけに小さく見える。それに、地面には段差がないはずなのに、なぜか長老を見下ろしていた。

『タロウ、そこに座れ』

首を傾げていたタロウは、長老に言われるまま藁に座ってようやく自分の姿が変わっていることに気づいた。

「えっ? なにこれ? うそっ……手がある……」

無意識に広げた手を、興奮気味に眺める。

自由に握ったり広げたりすることに胸を躍らせたタロウは、手に一筋の傷痕を見つけて凝視した。

森に仕掛けられた罠にかかって怪我をしたのと同じ前脚。もっとも太い指のつけ根あたりにある少し盛り上がった赤黒い筋は、あのときできた傷の痕だろう。

人間になっても傷が残っていることに驚く。と同時に、人間に姿を変えても、自分は狸なのだと確信した。

かつて味わったことがない不思議な感覚に、気持ちがどんどん浮き立っていく。

「白いセーターに青いズボン……で、履いてるのは運動靴……」

名前など知らなかったのに、勝手に言葉が口から飛び出してきたことに驚き、首を傾げて長老を見返す。

『人間の年齢にすると、おまえはだいたい十八歳くらいだ。なかなか可愛らしい男の子になっておるぞ』

「ホントですか？」

『もともとおまえは可愛い顔をしておったからな。それから、ワシの妖力が鈍っていなければ、その年齢に近い知識がおまえには備わっているはずだ。人間と言葉を交わしてもあまり困らないだろう』

「あのう、どうしてボクは長老さまの言ってることがわかるんですか？　もとが狸だからとか？」

人間に狸の言葉は通じないはずなのに、いったいどうしたことだろうかと目をパチクリとさせる。

『ワシはおまえの心に話しかけているのだよ』

「そんなこともできるんですか？　長老さまってすごーい」

はしゃぎ声をあげたタロウは、思わず両手を打ち鳴らした。

『浮かれていないでよくワシの言うことを聞くのだ。いいか、その姿でいられるのは次の満月までで、満月の日を迎えると同時に元の姿に戻ってしまう。その瞬間を誰にも見られないよう、充分に気をつけるのだぞ』

「はい」

『もうひとつ、おまえが背負っている袋の中に、小さな通信機が入っている』

「袋？　通信機？」

長老に言われて背中に目を向けると、ペンションに来る女性たちがよく背負っていたデイパックがあった。

さっそくデイパックを下ろし、口を大きく広げてみる。自由に指が動く感覚はとても不思議だったけれど、楽しくもあった。

「通信機って……えーっと、この携帯電話のことですか？」

デイパックから取り出した携帯電話を長老に見せる。

ペンションにいる人間のほとんどが持っていて、その名前が「携帯電話」だということはわかったけれど、最初はそれでなにをしているのか理解できなかった。

それでも、耳に当てて楽しそうにお喋りをしているのを何度も見ているうちに、その場にいない人間と会話ができる物体なのだと気づき、人間のすごさに感心したのだった。

『なるほど、それは携帯電話と言うのか』

「長老さま、知らないのに妖力で出せたんですか？」

『おまえの年代に近い人間が持っているものを揃《そろ》えたのでな、詳しいことはワシも知らんのだ』

「へぇ……」

ペンションに行ってオーナーに会いたい気持ちを募らせるタロウは、長老がどうやって調べたのかなどはどうでもよく、そそくさと携帯電話をデイパックにしまう。

『その携帯電話とやらでワシと話ができるようになっているから、なにか問題が起きたときは使うといい』

「はい」

携帯電話の使い方など知らないけれど、逸《はや》る気持ちを抑えきれなくて二つ返事をした。

『では、麓の近くまで飛ばしてやる』

「えっ？」

デイパックを背負い直していたタロウの身体が、なんの前触れもなく得体の知れない強烈な力に引っ張られて浮き上がる。

「うわっ」

そのまま身体が渦のようなものに飲み込まれ、凄《すご》い速さで回転していく。

『満月の日を忘れるでないぞ』

「ひえぇ――――」

凄《すさ》まじい回転に目が回り始め、長老の声を遠くに聞くタロウの頭の中は、いつしか真っ白になっていた。

＊＊＊＊＊

「いったぁ……長老さま、乱暴なんだから……」

地面に尻餅をついた痛みに顔をしかめながら、タロウはのそのそと立ち上がる。

「さむっ」

吹き抜けていった冷たい風に、思わず身震いした。

秋も深まり、日ごと気温が下がっていく。ふかふかの毛に身体が覆われていないと、こんなにも寒いものなのかと驚く。

「寒いけどこの格好で大丈夫なのかな?」

無造作に尻についた枯れ葉や土を払いながら、しみじみと自分に目を向ける。

全身を早く見てみたい。池があれば姿を映すことができるが、見渡してみても近くにはなさそうだった。

「それにしても妖力って凄いな……」

人間の姿に変えたり、別の場所に移動させたりできる力が長老にあることが、実際に自分が体験しているのにまだ信じられない。

妖力でいろいろなことができた祖先たちの暮らしを思うと、楽しそうで羨ましくなる。

タロウは自分に妖力がないのが残念でならなかったが、人間になれた嬉しさは格別で、心はいつになく浮き立っていた。

「早くオーナーに会いたい！　お話したい！」

まるでいつもそうしているかのように、デイパックを背負い直し、意気揚々と獣道を下りていく。

長老が飛ばしてくれた場所は本当に麓のすぐ近くだった。いくらもせずに、ペンション〈トロールの森〉が姿を現す。

「あっ、オーナーだ」

ペンションの脇にある庭にオーナーの姿を見つけ、声を弾ませたタロウは一目散に駆け出していく。

後ろ姿ではあったが、間違えるはずがない。ペンションで保護されていたあいだ、ずっとオーナーの姿ばかり目で追っていたからだ。

「二本脚なのに速い……」

四つ脚よりも速く走れることに感心する。

見える景色が狸のときとまったく違っていて、より遠くを見渡すことができた。

背中で派手に揺れるデイパックが邪魔に感じられたが、風を切って走るのが楽しくてたまらない。

「こんにちは――――っ」

大きな声をあげて足をさらに速め、オーナーに駆け寄っていく。

目の前で足を止めたタロウに挨拶を返してくれたが、オーナーは少し不思議そうな顔をしていた。

「こんにちは」

真っ白な長袖のシャツを着ていて、黒いズボンを穿《は》いている。艶のある黒髪は短くて、前髪が少し額にかかっていた。

人間になってオーナーを見てみると、背が高くて手脚が長くてすごく格好《かっこ》いい。

狸のときには優しさしか感じなかったから、凄く不思議だった。人間と狸では、感情も違ってくるのだろうか。

（変なの……）

妙な感覚に戸惑いながらも、オーナーと向き合って立っているという、ただそれだけのことが嬉しくてタロウの頬《ほお》が勝手に緩む。

「あっ、あの……ボクは……」

どうやって恩返しをするか考える間もなくオーナーと対面してしまい、にわかに慌てたタロウは言葉を続けることができずに口をパクパクさせる。

するとしみじみとタロウを見ていたオーナーが、急に顔を綻ばせた。

「えーっと、もしかしてアルバイトの募集を見て来てくれたのかな？」

「そっ、そうです……」

なんだかよく理解できなかったものの、オーナーの態度が好意的に感じられ、とりあえずうなずき返して様子を見る。

「よかった、人手が足りなくてずっとアルバイトを募集をしているのに、ぜんぜん反応がないから諦めていたんだ」

「はぁ……」

「僕はオーナーの北城真樹生《きたしろまきお》、さっそくだけど中で話をしようか」

軽く手を払ったオーナーが、ペンションを指さす。

「はい」

先に歩き出したオーナーに、タロウはドキドキしながらついていく。

（キタシロマキオっていうのが名前なんだ。じゃあ、オーナーっていうのはなんなんだろう？）

ずっとオーナーという名前だと思っていたから、わけがわからなくなる。

それでも、ペンションにいた人間はみなオーナーと呼んでいたから、そのままでいいと思い直した。

（アルバイトってなにかな？　わかんないけど、ま、いっか……）

オーナーのそばにいなければ恩返しができないのだから、とにかく話をしてみようとタロウは前向きに考える。

扉を開けて中に入ると、オーナーが靴を脱いで平らな形をした別のなにかに足を入れた。

「そのスリッパに履き替えて」

タロウはオーナーが指さした足元に目を向ける。

どうやらスリッパというらしい。

わざわざスニーカーを脱いで履き替えるのはどうしてだろうか。人間は想像していた以上に面倒な生き物のようだ。

スニーカーを脱ぐのに少し手間取ったが、どうにかスリッパに履き替え、タロウは急ぎ足でオーナーのあとを追う。

「さあ、そこに座って」

暖炉がある部屋に入ったオーナーから椅子を指さされ、ちょこんと腰かける。

薪《まき》がパチパチと音を立てて燃える暖炉のそばは、暖かくて気持ちがいいのだが、走ってきたばかりだから少し暑く感じられ、タロウは片手で顔を扇《あお》ぐ。

（さっきまで寒かったのに……）

いくら手で顔を扇いでも暑さが収まらず、しまいには両手を使って風を送り出した。

「ずいぶん暑そうだね？　向こうに移ろう」

椅子に腰かけようとしていたオーナーが、窓際の席に移動する。

タロウはそそくさと腰を上げてあとを追い、オーナーと向かい合わせに座り、背負っているデイパックを肩から外して膝に載せた。

なにかをしようと考えているわけではないのに、自然に手が動くのが面白い。なによりも、しっかりモノが掴めるというのが楽しくてしかたなかった。

「履歴書を見せてくれるかな?」

「履歴書……」

またしてもわからない言葉を口にされ、どう答えようかと迷う。

(長老さまの妖力って鈍ってるんじゃないのかなぁ……)

年齢に見合った知識があると長老は言っていたけれど、知らない言葉の連続に先が思いやられてくる。

「あの……すみません、ボク……」

「忘れてきちゃったの?」

オーナーから呆れ気味に言われ、恥ずかしくなったタロウは項垂れた。

「じゃあ、名前と歳を教えてくれるかな」

「は、はい。あのボクは十八歳のタロウです」

長老に教えられた年齢と名前を言うと、またしてもオーナーが呆れたように笑った。

どうして笑われたのかわからず、瞬《まばた》きしながら見返す。

「名字は?」

「あっ……それは長老……あっ、その……」

長老から聞いてないと思わず言いそうになり、タロウは口をもごもごさせる。

「チョウロウ・タロウ君？　珍しい名字だね？　長いに老人の老の長老でいいのかな？」

「はぁ……」

「タロウは一般的な太郎？」

「は、はい…」

「長老太郎君、十八歳……大学生？」

「いえ……」

「高校は卒業してるのかな？」

「はぁ……」

「卒業してからはなにをしてたの？」

「とくになにも……」

　なんとなく返事をしていると、急にオーナーが深い溜息をもらした。

「アルバイトも初めてなのかぁ……」

「あのぅ……アルバイトって……」

「ああ、アルバイトの内容？　それほど難しい仕事ではないよ、洗濯、掃除、薪割り……まあ、簡単な手伝いだと思ってくれればいい」

「やらせてください！　ボク、一生懸命やりますから」

アルバイトが手伝うことだとわかったタロウが俄然《がぜん》やる気を見せると、オーナーが呆気《あっけ》に取られた顔で見返してきた。

「どうしたんだい、急に？」

「ペンションでアルバイトがしたいんです。お願いします、ボクにやらせてください」

意気込んだタロウはズイッと身を乗り出す。

オーナーは手伝ってくれる人を探している。一生懸命、手伝えば、恩返しになるかもしれない。だから、どうしてもアルバイトがしたかった。

「まあ、他に応募してくる人もいなそうだし、君がすぐに働けるなら僕としては助かるんだけど……住まいはどこなのかな？　毎日ここに通える？」

「住まいは……あの、向こうの山の……」

場所をはっきり言えないタロウは、またしても口ごもってしまう。

どうしたらアルバイトができるだろうか。

人間になってオーナーと会話ができるようになったのに、上手《うま》く言葉が紡げないのがもどかしくてならなかった。

「山向こうから通うのは大変だな、住み込みで働けるなら考えてみるけど……」

「住み込みって？」

「ペンションに寝泊まりして働くってこと、もちろん食事は三食付きだよ」

「それがいいです！　住み込みで働きます、よろしくお願いします」

タロウは元気よく言って深く頭を下げる。

オーナーと一日中、一緒にいられるのだから、これほど有り難い提案はなかった。

「すごい意気込みだな」

「ボク、働きたいんです、このペンションで」

タロウの強い口調に、オーナーがおかしそうに笑う。

「わかった。ただ、履歴書がないから、身元を確認したいんだけど、親御さんと連絡は取れるかな？」

「あの親は……」

「他に身内の方は？」

「あっ、はい、ちょっと待ってください」

ここにきて長老が妖力で出してくれた携帯電話のことを思い出し、膝に載せていたデイパックから取り出す。

とはいえ、使い方がわからない。二つ折りになっている携帯電話を開き、幾つも並んでいるボタンを押してから耳にあててみる。

『タロウか？』

「は、はい……」

いきなり長老の声が聞こえてきて驚いたが、オーナーが自分を見ていることに気づき、何食わぬ顔で話を始めた。

「ペンションでアルバイトをしたいんですけど、ボク、履歴書を持ってなくて……」

『では、ワシが上手く話をつけてやろう』

「お願いします」

あとは長老に任せるしかないと、タロウは携帯電話をオーナーに差し出す。

「えーっと……あの……おじいちゃんです」

頭に浮かぶままに伝えると、オーナーはうなずいてから携帯電話を手に取った。

「もしもし、私はペンション〈トロールの森〉を経営している北城と申します。失礼ですが、長老タロウ君の身内の方でいらっしゃいますか？」

携帯電話を耳にあてているオーナーが、ときおりタロウに視線を向けてくる。

長老がなにを言っているのかわからないから、少し不安があったけれど、きっと上手く話をしてくれると信じて待つことにした。

「ああ、なるほど……それなら、いい経験になるかもしれませんね。タロウ君はとても元気で明るい子のようですから、初めてでもさほど問題はないかと」

デイパックを抱えてオーナーの声に耳を傾けていたタロウは、元気で明るいと言われた嬉しさに目を細める。

母親から「おまえは元気がよすぎる」とよく愚痴をこぼされた。あまりはしゃぐと叱られるから、穴蔵ではおとなしくするよう心がけてきた。

けれど、オーナーの前では気兼ねなく振る舞えそうだ。助けてくれたオーナーのためにも、元気いっぱい働かなければとタロウは心に誓う。

「えっ？　今日からですか？　タロウ君はデイパックひとつで、着替えもなにも持っていないようですけれど？」

急にオーナーの顔が険しくなった。

「そうですか、それでは住所をお知らせしますのでお送りください」

すぐにオーナーの表情が和らぎ、タロウは胸を撫で下ろす。

その後もしばらく長老と会話していたが、オーナーの口調と表情から話が上手く進んでいるように思えたタロウは余所見《よそみ》をする。

（あっ、ミカヨさんだ……）

窓ガラスの向こうに、手提げ袋を腕にかけて歩いてくる美加代が見えた。

髪を後ろで結んで、ジャージーの上下を着ている。いつもと同じ格好だ。

美加代は毎朝、必ず姿を見せたが、彼女がペンションでなにをしているのかはわからずじまいだった。

ここで働くようになれば、彼女がなにをしていたか知ることができる。そんなささやかなことも嬉しくて、タロウの顔はずっと綻んだままだ。

「タロウ君、おじいさまに許可をもらったよ」

「ここでアルバイトしていいんですね？」

「ああ、今日から住み込みで働いてもらうよ」

長老がなにを話したのかわからないが、オーナーがニコニコしているところを見ると、かなり上手い作り話をしてくれたのだろう。

無事に恩返しができるようになったタロウは、心の中で長老に感謝をする。

「それでね、おじいさまが今日のうちに着替えを送ってくださるそうだ」

「着替え？」

「まさか、ずっとその服を着たままでいるつもり？」

着替えの意味を理解したタロウは、怪訝《けげん》な顔をしているオーナーに慌てて首を横に振って見せた。

「なんかここで働けるのが嬉しくて、着替えのことまで……」

どうにか言い訳をしたけれど、あまり頓珍漢な受け答えをすると、おかしな子だと思われてしまうかもしれない。

それとも、十八歳の人間はこんな感じなのだろうか。なにしろ、わからないことだらけだから困る。

人間の年齢も見当がつかない。そういえば、オーナーは何歳なのだろうか。そんなことが急に気になってきた。

「あのう……オーナーの歳を訊《き》いてもいいですか？」

控えめな口調で訊《たず》ねたのは、質問の善《よ》し悪《あ》しの区別がつかないからだ。

「ん？　三十五歳だけど？」

なにか気になるのかと言いたげに、オーナーが首を傾げる。

人間に年齢を訊いてはいけなかったのだろうか。

どう答えればいいのか判断がつかず、曖昧な笑みを浮かべることしかできない。

「おはようございまーす」

唐突に響いた美加代の声に一瞬、ドキッとしながらも、タロウは救われた思いで小さく息を吐き出した。

「おはようございます、美加代さん、ちょっとこっちに来てください」

「はーい」

パタパタと音を立てながら、美加代が小走りで部屋に入ってくる。

「なにかご用で……」

言葉を途中で切った彼女が、タロウに視線を向けてきた。

「アルバイトがようやく決まりましたよ」

オーナーが椅子から立ち上がり、自分だけが座っているのが変に思えてタロウもすぐに腰を上げる。

「今日から住み込みで働いてくれる長老タロウ君、十八歳。アルバイトをするのが初めてということなので、いろいろ教えてあげてください」

オーナーが説明をすると、美加代が近づいてきた。

「はじめまして、砂川《すながわ》美加代よ。仲よくやりましょうね、タロウ君」

「はい、よろしくお願いします」

満面の笑みで答え、深く頭を下げる。

美加代は何度も顔を見ているから、「はじめまして」と言うのを躊躇《ためら》ってしまった。

変に思われたか心配になったけれど、気に病む必要はなかったようだ。

「今日から働くんでしょう？　朝は忙しいのよ、さあ手伝って」

明るい声をあげた美加代が、タロウを急かすように手招きしてくる。

「美加代さんはせっかちですね、まだタロウ君を部屋に案内もしていないのに……」

「あら、ごめんなさい、つい」

美加代は笑って肩を竦めると、背を向けてその場から立ち去ってしまった。

彼女はここで働いているから、毎朝のように姿を見せたのだ。そして、自分はこれから彼女と一緒に仕事をする。

オーナーのために早く仕事を覚えたいタロウは、すぐさまデイパックを背負って美加代のあとを追う。

「美加代さーん、一緒に行きますから仕事を教えてくださーい」

「タロウ君、待って」

慌てたようにオーナーが追いかけてきた。

「デイパックは僕が預かっておくよ」

「あっ……お願いします」

足を止めて肩から外したデイパックをオーナーに渡す。

「仕事が終わったら君の部屋に案内するから」

「はい」

タロウは返事もそこそこに、階段を上がっていく美加代のあとを追った。

後ろからオーナーの笑い声が聞こえる。

またなにか変なことをしてしまっただろうか。気になって振り返ると、オーナーは笑顔でこちらを見上げていた。

「頑張って」

「はい、頑張ります」

気に病むことはなかったようだと胸を撫で下ろし、元気よく答えて階段を一気に駆け上がっていく。

人間になってまだいくらも経っていないのに、オーナーのもとで働けるようになったタロウは、次の満月までにしっかり恩返しをしようと改めて心に誓っていた。

＊＊＊＊＊

「はぁ……」

控え室の椅子に腰かけたタロウは、大きなため息をつくなり、がっくりと肩を落として項垂れた。

ペンション内の掃除から始まり、客がチェックアウトしたあとの部屋の掃除とベッドメイクなどで、瞬く間に午前中が終わってしまった。

美加代と過ごしているあいだに、ペンションが宿泊施設で、訪れてくる人間たちが客だということ、そして、ここがオーナーの持ち物であることを理解した。

アルバイトとして頑張ればオーナーのためになる。これで恩返しができるとタロウは喜んだけれど、そう甘くはなかった。

美加代は丁寧に仕事を教えてくれるのだが、すべてが初めて経験することだから、なにひとつ上手くできない。

掃除機の音が怖くてへっぴり腰になっていると、時間がないから自分でやったほうが早いと美加代に言われ、大きな袋にゴミをまとめようとすれば、床にまき散らして余計な仕事を増やすありさまだ。

綺麗《きれい》にシーツを広げることもできなければ、枕をカバーから出すのにも手間がかかる。

シャワーなど見たことも触ったこともないから、浴槽の掃除をしようとして冷水を浴びる始末だ。

優しくておおらかな美加代も、失敗したときには声を荒らげる。怒った美加代は母親よりも怖い。

呆れた美加代に「もう」とか「また」とか言われるたびに、なにもできない情けない自分にどんどん落ち込んでいき、すでに立ち直れそうにないくらいになっていた。

「タロウ君、お昼ご飯ができてるから、厨房《ちゅうぼう》に取りに行きましょう」

控え室に顔を見せた美加代から声をかけられ、タロウは重い腰を上げる。

動き回ったからお腹が空いているはずなのに、まったく食欲がない。

まさか、人間になったその日に、ここまで落ち込むとは思ってもいなかった。

こんな状態でオーナーに恩返しなどできるのだろうか。役立たずの自分を雇ったことを後悔させてしまうのではないだろうか。

悩みが尽きないまま美加代について厨房に行くと、見知らぬ男がひとり立っていた。

オーナーより少し若く見える男は、白いシャツに黒いズボン、黒くて長い前掛けをしている。

「後藤《ごとう》君、アルバイトのタロウ君よ」

美加代が声をかけると、後藤と呼ばれた男がチラッとタロウを見てきた。

「シェフの後藤達樹《たつき》君」

「長老タロウです、よろしくお願いします」

タロウが挨拶しても、後藤は軽く会釈しただけだ。

すぐにそっぽを向いてしまった。愛想の欠片《かけら》もなく、なんだかとても感じが悪い。

「後藤君はイタリア料理が専門で、女性のお客さまにとっても評判なのよ」

休憩に入ってからの美加代は、いつもの優しい口調に戻っている。叱っているときとはまるで別人みたいだ。

教えたことがきちんとできなくて、嫌われてしまったかと思っていたから、タロウは少し安心した。

「あら嬉しい、カルボナーラだわ！」

美加代のひときわ高い声に、いったいどうしたのだろうかと目を向ける。

「タロウ君、このカルボナーラは絶品なのよー、冷めないうちに食べましょう」

彼女が指さす先には白い皿があって、その真ん中に細長いものが渦を巻くようにして盛り上がっていた。

（あれがカルボナーラ……そういえば人間の食べ物は初めてだ）

興味をそそられると同時に食欲が湧いてくるのを感じ、タロウは湯気が上がっている皿を見つめながら喉をゴクリと鳴らす。

「さあ、このトレイごと持って」

美加代から渡された縁のある四角い板がトレイと言うようだ。

トレイには、カルボナーラの皿、水の入ったコップ、そして先端が細く分かれいる銀色の棒が載っている。

初めて見るものでも、すぐに名前がわかるものと、そうでないものがあるのはどうしてなのだろう。

美加代から「十八歳にもなってそんなことも知らないの」と何度も言われたのは、やはり長老が想定した十八歳の男性がなにか間違っているからのような気がしてならない。

けれど、いまさらどうすることもできない。どうしてもわからないことやものについては、その都度、訊ねるしかなさそうだ。

「お先に頂きまーす」

後藤に声をかけた美加代が先に厨房を出ていく。

「お先に頂きます」

そのまま真似《まね》たタロウは、無言の後藤に軽く会釈して美加代を追った。

カルボナーラのたまらなくいい匂いに、お腹がキュルキュルと鳴り出す。

そのままかぶりつきたい衝動に駆られる。それくらい、いい匂いだった。

「オーナーも休憩ですか？」

「みなさんチェックアウトされたから、チェックインの時間まで部屋は空っぽですよ」

「ああ、そうでしたね」

控え室から聞こえてくる美加代とオーナーの声に、湧き上がってきた食欲が瞬く間に失せる。

きっと美加代はオーナーにあれこれ話して聞かせるだろう。午前中の仕事は失敗の連続だったから、あまり顔を合わせたくない。

それでも、他に行く場所もなく、タロウはトレイを持って控え室に入っていく。

中には四角いテーブルと椅子が四つあって、オーナーと美加代が並んで座っていた。

どちらを前にしても気まずい感じだ。迷った末に、オーナの向かい側にトレイを下ろして腰かけた。

「タロウ君の働きぶりはどうでしたか？」

オーナーはまだ食事をしないのか、前にはなにも置かれていない。

椅子の背にゆったり寄りかかって腕組みをし、穏やかな笑みを浮かべている。

「どうもこうもありませんよ、タロウ君ったらなーんにもできないんですから」

ため息交じりに言った美加代が、銀色の棒を取り上げ、先端をカルボナーラに突き刺してクルクル回し出す。

「なんにも？」

さすがにオーナーも驚いたのか、呆気に取られたような顔でタロウを見てきた。

恥ずかしくなったタロウは、返す言葉もなく項垂れる。

「そうですよ、掃除機は怖がるし、シーツは広げられないし、今どきの男の子ってこんなものなのかしら」

文句を言ってひと息ついた美加代が、銀色の棒の先端に巻きつけたカルボナーラを、大きく開けた口に入れた。

「最初からなんでもできる子もいれば、そうでない子もいますからね。ようはひとつずつ覚えていけばいいんですよ」

「まあ、タロウ君はできないながらも一生懸命なのがわかるから、私も頑張って教えますけどね」

「頼りにしてますよ」

言葉を交わす二人に割って入るのもおかしな気がし、タロウは黙ったまま美加代を真似て銀色の棒を手に取る。

こんもりとしたカルボナーラの天辺《てっぺん》に先端を突き刺し、そのまま銀の棒を回した。回せば回すほど細長いなにかが巻きついてくる。

どんどん大きくなっていき、とても美加代のように口に入れられそうになかった。

反対に回してみても、巻きついたままで解けない。

やり直すしかないと思い、いったん銀の棒を引き抜き、カルボナーラの天辺に改めて突き刺す。

「タロウ君、パスタはあまり好きじゃないのかな?」

「はい?」

巻きつけることに夢中になっていたタロウは、いきなり声をかけられた驚きに、素っ頓狂な声をあげてオーナーを見返した。

「パスタが苦手なら、別のものを作ってもらってかまわないよ」

カルボナーラを指さしてパスタと言われ、混乱してしまう。

目の前にあるのはカルボナーラなのか、パスタなのか。それとも、どちらの呼び方も正しいのか。

早く食べたい気持ちがある今のタロウは名称などどうでもよく、オーナーを見つめて首を横に振る。

「食べたいんですけど、これが上手く巻けなくて……」

「タロウ君、ホントに不器用ねぇ」

美加代に呆れ気味につぶやかれ、悪気はないのだろうと思っても、やはりしゅんとしてしまう。

「普段はあまりパスタを食べないのかな？」

「はい……カルボナーラは初めてで……」

「そうか……」

小さな声をもらしたオーナーが、なにを思ったのか椅子を前に引いてテーブルに身を乗り出したきた。

「そのフォーク貸して」

銀の棒を取り上げられ、タロウはきょとんとオーナーを見返す。

どうやら銀の棒はフォークという名前らしい。

それにしても、なにをするつもりなんだろう。

「こうやってフォークの先に少し引っかけるだろう？　それからゆっくり持ち上げて回すんだ」

オーナーが実際にやってみてくれる。

銀の棒はフォーク、先端に引っかけたのはパスタ。しっかり頭に刻みつつ、オーナーの手元を見つめる。

何回かフォークを回すと、少しの量だけ先端に巻きついた。同じように回したつもりでいたけれど、引っかけた量が多すぎたのだと気づく。

「これなら楽に食べられるだろう」

オーナーがフォークの先をタロウの口元に近づけてくる。

「あーんしてごらん」

「あーん?」

どんな意味があるのか訊ねたつもりなのに、開いた口にフォークの先を入れられ、驚きに目を瞠る。

「パクッてして」

「パクッ」

オーナーの言葉を真似したら口が閉じて、すぐにフォークが引き抜かれた。

舌の上にパスタだけが残り、自然に口が動き出す。

生まれて初めて味わう食感は不思議なものだったが、これまで食べてきたどんなものよりも美味《おい》しかった。

「なにをしているんですか、小さな子供でもないのに世話を焼きすぎですよ」

「えっ？　ああ、ちょっと見てられなくなって……」

美加代から呆れきった顔で言われたオーナーが、苦笑いを浮かべてフォークをタロウに手渡してくる。

ちょっと慌てたような感じがしたけれど、見間違いだろうかと思いつつ、親切にしてくれたオーナーに笑顔を向ける。

「ありがとうございました。今度は上手くできると思います」

素直に礼を言ってフォークを持ち直し、慎重にパスタをすくって巻きつけていく。

ほどよい量になったところで口に運び、パスタを味わう。

「美味しい……」

人間はなんて美味しいものを食べているんだろう。

木の実や果物しか食べてこなかったタロウは、いっぺんで虜《とりこ》になった。

上手くフォークに巻きつけられるようになったこともあり、次から次へと口に運んでいき、瞬く間にカルボナーラを平らげた。

「ああ、美味しかったわ。ごちそうさまでした」

水を飲み干した美加代がトレイを持って立ち上がり、そそくさと控え室を出ていく。

「ごちそうさまでした」

美加代を真似たタロウがトレイを手に腰を上げると、一緒に立ち上がったオーナーが歩み寄ってきた。

「美加代さんは厳しいことを言うけど、タロウ君に早く仕事を覚えてほしい思いからなんだよ」

「そうなんですか？」

「仕事がちゃんとできるようになってくれれば、美加代さんの小言も減るから、めげずに頑張って」

オーナーに元気づけられ、一瞬にしてやる気が舞い戻ってくる。

「僕のため？」

「はい、オーナーのために頑張ります」

「あっ……あの、ボクを働かせてくれたから……頑張って仕事を覚えますので、これからもよろしくお願いします」

恩返しをしに来たと言えるわけもなく、咄嗟に言い訳をして頭を下げたタロウは、急ぎ足で控え室をあとにした。

「危ない、危ない……つい余計なこと言いそうになっちゃうんだよなぁ……」

オーナーのそばにいられる時間はそう長くない。

一生懸命、働くことしかできないけれど、なにもしないよりはいいに決まっている。

ドジで不器用で要領が悪くても、変わらず優しくしてくれるオーナーのために、誠心誠意を尽くそう。

そうすれば満月の夜を迎えたときに、後悔なく狸の村に戻ることができるとタロウは確信していた。

＊＊＊＊＊

夕食を終えた宿泊客たちが、暖炉のある部屋に集まっている。

団欒《だんらん》室という名前がついていて、誰でも自由に使うことができるらしい。

オーナーは客たちといっしょにソファに座って、楽しそうにお喋りをしている。

仕事が一段落していたタロウも交じり、賑《にぎ》やかな会話に耳を傾けていた。

客は女性ばかり六人。みんな前にも〈トロールの森〉に泊まったことがあるようで、とても寛いでいる。

家で家族が待っている美加代は、夕食の支度があるからといって、陽が暮れる前に仕事を終えて帰っていった。

シェフの後藤はほとんど厨房から出てこない。厨房に用がないタロウは、まだ一言も彼と喋っていない。

暖かな部屋でみんなと一緒にいるのが心地良いだけでなく、すっぽりと身体が収まるソファが気持ちよくて、ついウトウトしてしまう。

「あらやだ、タロウ君、寝ちゃってる」

女性の笑い声が遠くに聞こえる。

起きなければと思うのだが、なかなか目が開けられない。

「すみません、初めてのアルバイトで疲れてしまったようですね」

オーナーの穏やかな声はまるで子守歌みたいで、我慢できなくなったタロウはソファにゴロンと横になり、両の膝を抱え込む。

「ソファの上で丸くなっちゃうなんて犬みたいね」

「気持ちよさそう」

女性たちの高い声に、ときおり現実に引き戻される。

（起きなきゃ……寝たらダメ……）

頭ではそう思っていても、起き上がることができない。

パチパチと薪が燃える音がする暖かい部屋、柔らかくて寝心地のいいソファが、タロウを眠りへと導いていくのだ。

「タロウ君、タロウ君」

大きく肩を揺すられ、現実へと引き戻される。

「うーん……むにゃむにゃ……」

眠い目を擦りながら起き上がると、オーナーがちょっと呆れ気味の顔でタロウを見ていた。

「あっ、あの……すみません、ボク、つい……」

「さあ、遅くなったけど晩ごはんにしよう」

「あれ？　お客さまは？」

部屋にはひとりも女性がいない。

ついさっきまで楽しそうに喋っていたはずなのに、どこへ行ってしまったんだろうか。

「みなさん、もう部屋に戻られたよ」

「えっ？」

「タロウ君が疲れてるみたいだからって、みなさん気を遣って早めに引き上げてくださったんだよ。明日の朝、お礼を言わないといけないな」

「本当ですか？　すみません、ボク……」

「次からはお客さまの前で寝たりしたらダメだよ、失礼にあたるからね」

静かな口調で諭されると、怒られるよりも胸にズンと響く。

もう二度と寝ないように気をつけなければと、自分に強く言い聞かせる。

「すみませんでした、明日、お客さまにきちんとお詫《わ》びします」

「そうして」

にっこりしたオーナーが、ちらっと暖炉を見て団欒室を出て行く。

今日の仕事はもう終わりだと言われている。このあとはどうすればいいのだろうか。

「早くおいで」

「えっ？」

「晩ごはんだよ、お腹が空いているだろう？」

「あっ、はい」

タロウは急いでオーナーに駆け寄って行く。

さっき晩ごはんだと言われたのに、すっかり忘れていた。

仕事を覚えるのが忙しくて空腹を感じる暇もなかったけれど、そういえばお昼前にカルボナーラを食べただけなのだ。

（あっ……）

あれからなにも食べていないことを思い出したとたんに、お腹がキュルキュルと鳴り出した。

今度はどんなものが食べられるのだろう。カルボナーラに味を占めたタロウは、期待に胸を膨らませて食堂に入っていく。

宿泊客が朝晩の食事をする食堂には、四角い二人掛けのテーブルが八つ置かれている。客室が八つだから同じ数だけテーブルがある。母親から数え方を教わっていたから、それを理解するのはわりと容易《たやす》かった。

人間になったことで今日は驚きの連続だったが、なによりも驚いたのは文字が読めることだった。

オーナーに保護されていたときは、客が持っている雑誌に書かれている文字が模様に見えていたのだ。

それが、人間になったとたん文字だと認識できたうえに、苦もなく読めたから驚いた。長老の妖力も伊達《だて》じゃない。やはり長老は凄い狸だったのだと、改めて感動した。

「タロウ君、こっちだよ」

先にテーブルに着いているオーナーから手招きされ、タロウは足早に歩み寄っていく。テーブルには丸い皿が三枚載っていて、その脇にそれぞれフォークと水の入ったグラスが置いてあった。椅子も三つ用意されている。

三人分ということは、後藤も一緒に食事をするのだろう。言葉を交わしていないのは後藤だけだから、いい機会のような気がした。

それにしても、テーブルに食べ物らしきものが見当たらない。取りに行かないといけないのだろうかと思っていると、いきなり厨房から大きな皿を両手に持った後藤が現れた。

「今夜は後藤君、特製のピッツァだよ」

「ピッツァ……」

オーナーが口にしたピッツァがなにかわからないけれど、やけにいい匂いがする。

「若い子がいるのでとりあえず二枚、焼きました。足りなかったらまた焼きます」

後藤がテーブルの中央に大きな皿を下ろし、オーナの向かい側に腰を下ろす。

「さあ、座って座って」

オーナーから急かすように言われ、ひとり突っ立っていることに気づき、タロウはあたふたと腰かける。

「こっちがキノコとパンチェッタで、こっちはマスカルポーネとシーフードです」

後藤が指さすピッツァを、身を乗り出して眺めた。

どちらからも食欲をそそる匂いがしてくる。

早く食べたいけれど、どうしたらいいのかわからないので、オーナーの様子を窺《うかが》う。

「いただきます」

オーナーがさっそく手に取ったフォークの先を、ピッツァの裏側に差し入れて持ち上げる。

大きなままでは、前に置いてある小振りの皿に絶対、載らない。いったいどうするつもりなのだろうかと、興味津々の顔で見つめる。

（えっ……）

オーナーがフォークを持った手を引くと、ピッツァの一部分だけが離れて皿に載った。

先が尖《とが》った形になっていて、紐《ひも》のようになにかが伸びている。

それをフォークの先でクルクルと巻き取り、皿に取ったピッツァに載せた。

（やってみようっと……）

ますます興味が湧いてきたタロウは、すぐさま挑戦することにした。

「いただきます」

元気な声をあげて後藤に目を向けると、なんと彼は自分の皿に移したピッツァを手で掴んでいる。

（えっ？　手で持つの？　フォークがあるのに？）

驚いたタロウは、オーナーに視線を移す。

やはり、同じようにピッツァを手で持っている。

（フォークで取って、手で食べるなんて変なの……）

妙な感じがしたけれど、二人に倣《なら》ってピッツァを皿に引き寄せた。

「後藤君のピッツァは美味《うま》いなぁ、キノコの香りがすごい立ってるよ」

ピッツァを囓《かじ》ってそう言ったオーナーが、パクパクと食べていく。

「それ、オーナーが今朝、取ってきたキノコですよ。珍しくたくさんあったから、まかないに使ってみました」

「今朝、コタちゃんを山に帰しに行ったんだけど、舞い戻ってきやしないか心配で、しばらくキノコを採りながら時間を潰していたんだ。そうしたら、たくさん採れちゃってね」

「コタって、あの怪我した子狸ですか？」

「ああ、ようやく怪我がよくなったから山に帰したんだ」

「ダンボール箱の中で寝ているところしか見てないけど、元気になってよかったですね」

「元気になったのはよかったんだけど、すごく僕に懐いてくれていたから急に寂しくなっちゃったよ」

残念そうな顔をしているオーナーを見て、タロウは複雑な気持ちになる。

オーナーの思いを知って嬉しいけれど、優しくしてもらった礼も言えない、一緒にいて楽しかったとも言えないのが悲しい。

「子狸がいなくなった代わりに、子犬みたいなのが来たからいいじゃないですか」

「子犬って……ああ、確かに」

二人から同時に視線を向けられ、ピッツァにかぶりつこうとしていたタロウは、口を開けたまま彼らを見返す。

なんだか二人とも楽しそうに笑っている。後藤はべつに無愛想というわけではなさそうだ。せっかくだから仲良くなりたい。そんな気持ちが湧き上がってきた。

「まだ食べてないのかい？」

オーナーに怪訝な顔をされ、口元まで運んでいたピッツァにかぶりつく。

カルボナーラとはまた違った食感で、噛むとサクサクと音がする。

美味しいだけでなく音が楽しくて、あっという間に一切れを平らげてしまった。

「後藤さん、とっても美味しいです。こんな美味しいものが作れるって凄いですね。カルボナーラもピッツァも大好きです」

たいそう味が気に入って声を弾ませたが、後藤は一言も返してこない。

さっきまではオーナーと楽しそうに会話をしていたのに、完全に無視をされたタロウは嫌われているような気がしてドーンと落ち込む。

「タロウ君、君のことを嫌ってるわけじゃないから気にしちゃダメだよ。後藤君は人見知りが激しくて、打ち解けるまで時間がかかるんだ」

慰めてくれたオーナーを見返し、コクリとうなずき返す。

なにも言っていないのに、どうしてオーナーには自分の気持ちがわかったのだろう。

まるで心が読めるみたいだ。優しいだけでなく、不思議な力があるんだと感心する。

「こっちも食べてごらん、美味しいよ」

オーナーに別のピッツァを勧められ、気を取り直して手を伸ばす。

「マスカルポーネは食べたことある？　僕が好きなチーズのひとつなんだよ」

「美味しそうですね」

皿に取ったピッツァに顔を近づけ、香りを吸い込む。

（マスカルポーネっていう名前のチーズってことかな……）

そんなことを考えながら頬張ると、最初に食べたピッツァより濃厚な味がした。

（オーナーはこの味が好きなんだ）

サクサクと噛みしめながら、マスカルポーネを味わう。

カルボナーラを食べたときにも感じたが、こちらも香りと味が幼いころに飲んだ母親の乳に似ていてとても馴染《なじ》みやすい。

人間の食べ物がこんなにも口に合うとは思っていなかっただけに、これからの食事が楽しみになってきた。

「タロウ君は食べ盛りなんだから、好きなだけ食べていいんだよ。足りなかったら、後藤君がまた焼いてくれるから」

「はい」

元気よく返事をして、三枚目にかぶりつく。

いくらでも食べられそうなくらい、どちらも美味しい。

ピッツァを頬張るタロウは、いつしか疲れも眠気も吹き飛んでいた。

＊＊＊＊

タロウが寝泊まりする部屋は客室とは離れた場所にあり、窓の向こうはすぐ森だった。

「今日からここがボクの部屋……」

部屋自体はさほど広くない。

窓際にベッドが置いてあり、丸くて小さいテーブルと椅子、それに、大きく開くクローゼットがあるだけだ。

「ここにどうやって寝るんだろう？」

タロウはベッドにピョンと飛び乗って正座をする。

美加代を手伝ってさんざんシーツや布団カバーを取り替えたけれど、人間が寝ているところを見ていないから、ベッドの使い方がわからない。

食事を終えて部屋に案内してくれたオーナーは、これといった説明もなく向かい側にある自分の部屋に戻ってしまった。

狸が人間に化けているとは知る由もないのだから、ベッドの使い方を教えてくれないのもしかたない。

「ふかふかして気持ちいいから、この上で寝ちゃおうっと……」

ゴロンと転がろうとして、ハタと思い出してバスルームに向かう。

美加代と交わした会話の中で、人間は日々、風呂に入ったりシャワーを浴びたりするのだと知った。

狸もたまに水浴びはするけれど、人間になって身体をきれいにするのがどんな気分なのか、ふと味わってみたくなったのだ。

美加代に教わってバスルームの掃除をしたから、シャワーの使い方はわかっている。お湯になるまで時間がかかるから、先にシャワーの栓を捻《ひね》ってから、スリッパと靴下を脱ぐ。

バスルームにはそうして入るようにと美加代に言われた。スリッパを履いたままで中に入ってはいけない。今日、覚えたことのひとつだ。

「もう大丈夫かな？」

手を伸ばして湯になっているか確かめる。

温かい湯の気持ちよさも、今日、生まれて初めて知った。

「このお湯を全身に浴びればいいんだよな」

タロウは躊躇うことなくバスルームに入り、噴き出してくるシャワーの真下に立つ。

全身が瞬く間に濡《ぬ》れていき、着ているシャツやズボンが張りついてきた。

「なんか、変な感じ……」

さぞかし気分がよくなるのだろうと思っていたのに、服がベタベタと身体にくっついて気持ちが悪い。

「もういいや」

がっかりしたタロウはシャワーの栓を締め、びしょ濡れのままバスルームを出る。

「これ、どうやって乾かすんだろう？」

脱衣所の床に滴りおちる湯を、どうしたものかといった思いで眺めていると、ドアを叩く音が聞こえてきた。

「はーい」

返事をしながら脱衣所を出て、すぐそこにあるドアを開ける。

「君にパジャマを……タロウ君、服がびしょ濡れじゃないか、なんで……」

タロウの姿を見るなり、オーナーが驚きに目を瞠った。

シャワーを浴びただけなのに、なにをそんなに驚いているんだろう。なにか間違ったことをしたのだろうか。オーナーの反応に不安になった。

「とにかく早く服を脱いで、そのままじゃ風邪を引くよ」

慌てた様子のオーナーに脱衣所に押し込まれる。

言われるままシャツを脱いでいくと、オーナーが棚から取り出した大きなタオルで、濡れた身体を覆ってくれた。

「身体を拭いたらパジャマに着替えて」

「パジャマ？」

「昼間の格好のままで寝るんじゃ可哀想だと思って、僕のパジャマを持ってきたんだ、少し大きいけど我慢して」

「ありがとうございます」

寝るための服だと解釈して礼を言うと、オーナーはタロウが脱ぎ捨てた衣類を纏《まと》めて取り上げ、部屋を出て行った。

「なにも考えないで入っちゃったけど、シャワーって服を脱いでから浴びるのかな……」

裸で浴びるのが正しいのだとしたら、とんでもない間違いをしたことになる。

まさか知らなかったとは言えるわけもなく、上手い言い訳を考えないといけない。

「どうしよう……」

タオルで身体を拭いて、オーナーが貸してくれたパジャマに着替え、脱衣所を出る。

本当にぶかぶかだった。足元はだぶついていて、手の先まですっかり袖で隠れてしまっている。

これではなにもできそうになく、ズボンの裾を捲《まく》り上げ、袖口を何重にも折り返した。

「かなり大きかったみたいだな」

戻ってきたオーナーが、パジャマ姿をしみじみと見て笑う。

見つめられているうちに、なんだか照れくさくなってタロウは目を逸らす。

「濡れた服は洗って乾かしておくから、朝になったら取りに来て」

「ありがとうございます、すみませんでした」

礼やら詫びやら忙しいけれど、迷惑をかけたのだからきちんとしなければと思い、神妙な面持ちで頭を下げた。

「髪がまだ濡れてるじゃないか」

タロウの頭を見てため息をついたオーナーが、脱衣所から新しいタオルを取って髪を拭いてくれる。

「まったく世話の焼ける子だな」

頭に被《かぶ》せたタオルで髪をワシャワシャと拭かれているから、オーナーの顔が見えない。でも、声は笑っているように聞こえた。呆れられないように、しっかりしなければと肝に命じる。

「あとは自分でやって。で、どうしたの？　シャワーの調子が悪いんだったら……」

タロウにタオルを手渡し、バスルームに入っていったオーナーが、手を伸ばしてシャワーの栓を開けた。

勢い良く出てきた水をそのまま眺める。しばらくしてシャワーを止めると、タオルで髪を拭いているタロウを振り返ってきた。

「大丈夫そうだけど？」

「あの……その……」

言い訳が思い浮かばず口ごもったタロウは、頭から外したタオルを握り締める。

「もしかして、シャワーヘッドが上にあるのに、温度調節しようとして服を着たままコックを捻っちゃったとか？」

「まあ、そんな感じで……」

オーナーの想像に任せたほうがいいような気がして、タロウは曖昧に言葉を濁した。

「いきなり水が出てきて、慌てて止めようとしたら、逆にびしょ濡れになっちゃったってこと？」

「そうなんです……」

「ホントにタロウ君はおっちょこちょいだな。これからは服を脱いでからシャワーの温度を調節したほうがいいよ」

「はい、そうします」

タロウは小さくうなずき返した。

やはり服を着たままではいけなかったのだ。

迷惑をかけてしまったけれど、初日に知ることができてよかったと胸を撫で下ろす。

そうでなければ、毎回、服を着たまま浴びていただろう。

「今日は慣れない仕事で疲れただろう？　ゆっくり休んで」

「いろいろありがとうございました。明日も頑張って仕事をします」

「いい心がけだね、おやすみ」

「おやすみなさい」

タロウが頭を下げると、オーナーは部屋を出て静かにドアを閉めた。

そのままドアの近くで耳を澄ます。間もなくして、向こう側からドアを開け閉めをする音が聞こえてきた。オーナーは自分の部屋に戻ったようだ。

「はぁ……お風呂の入り方も知らない十八歳なんて、長老さまの妖力もあてにならないんだから」

『なんだと、タロウ、口が過ぎるぞ』

どこからともなく聞こえてきた長老の声に驚き、タロウは部屋中を見回す。

どこにも長老の姿はない。外にいるのかもしれないと、窓を勢い良く開けて目を凝らしたが、やはり姿を見つけることはできなかった。

『捜しても見つからんぞ、ワシは狸の村におる』

「えーっ、どうして声が聞こえるんですか？」

窓を閉めて部屋の中央に戻り、もう一度、あたりを見回す。

長老の声ははっきり聞き取れているのに、どこから声が聞こえてくるのかわからない。

『おまえの心に話かけられると教えたはずだが、もう忘れてしまったのか？』

「あっ、そうだった……」

長老の穴蔵で人間に変えてもらったときのことを思い出し、タロウはいけないとばかりにペロッと舌を出す。

『まったくおまえは……で、恩返しは上手くできそうなのか？』

「そうそう、ペンションで働けるように、オーナーと話をしてくださってありがとうございました。一生懸命、働くことが恩返しだとボクは思っているので、満月まで頑張ろうと思います」

『いい心がけだ。きっと、おまえの気持ちは通じることだろう。しっかり働くのだぞ』

「はい、長老さま」

元気よく返事をすると、もう長老の声は聞こえなくなった。

遠く離れた場所にいる長老と話ができたことで妙に安心したタロウは、急に眠気を感じてのそのそとベッドに上がる。

ベッドの真ん中あたりでコロンと横になり、手脚を縮めて身体を丸くした。

「ふかふかして気持ちいいのに……」

すぐにでも眠れそうな気がしたのに、なぜかどんどん目が冴《さ》えていく。

初めての場所、穴蔵より遙《はる》かに広い空間、なにより部屋が明るすぎるのだ。

「あっ、そっか……」

ドアの脇にあるスイッチで、照明が点《つ》いたり消えたりするのだということをすっかり忘れていた。

照明を消しに行って再びベッドの上で丸くなったけれど、やはり眠ることができない。

どうにも落ち着かないのは、いつも母親にべったりと身を寄せ寝ていたからだろう。

怪我をして保護されていたときは、段ボール箱の中でひとりぼっちだったけれど、オーナーに頭を優しく撫でられているうちに、寂しさを感じる間もなく眠ってしまっていた。

きっと隣に誰かいれば眠れる。なんとなくそんな気がし、ベッドを下りて部屋を出る。

ただ眠りたいだけのタロウは、迷わずオーナーの部屋へ行き、ドアを軽く叩く。

「タロウ君？」

「はい」

中から聞こえた声に返事をすると、すぐにドアが開いた。

「どうしたの？」

「オーナーと一緒に寝かせてください」

タロウはそう言うなり、トコトコとオーナーの部屋に入っていく。

自分の部屋よりもっと広かったけれど、身を寄せる相手がいれば眠れるはず。

部屋の奥にある大きなベッドに向かって、迷わず歩いて行った。

「ちょっと待って、一緒に寝るってどういうこと？」

オーナーが焦った様子で駆け寄ってくる。

「ひとりだとなんか眠れなくて……あの……オーナーが隣にいてくれたらすぐに眠れそうなんです」

「僕が隣に……」

困ったような顔をしてタロウを見返してきた。

なぜだろうか。母親にくっついて寝るのが当たり前だったから、どうして困っているのか理解できない。

「ボク、ひとりで寝たことがないんです、一緒に寝かせてください」

「ああそうか……ホームシックなんだね」

知らない言葉を口にしたオーナーが、しかたなさそうに笑う。

「いきなり住み込みで働き始めたんだから寂しくもなるよな」

オーナーはそんなことを言いながら、ベッドの横にあるテーブルに向かい、上に載っている変な形のなにかに触れる。

すると、急にそれが明るくなった。あれも天井についている照明と同じものなのだと理解する。

次に薄くて小さなものを取り上げ、それを天井に向けた。すると、今度は天井の照明が消える。

(スイッチの代わりなのかな?)

興味深げに見ていたら、ベッドに向き直ったオーナーが布団を捲った。

「さあ、入って」

あの中に入れと言っているのだろうか。

「はい」

よくわからないままタロウはベッドに上がる。

自分の部屋にあるベッドより広々としていて、身体が大きなオーナーと一緒でも余裕がありそうだ。

「もう少し向こうに行ってくれる」

片手で追いやられ、言われるまま移動した。

横に並んできたオーナーが、身体を長々と伸ばして上を向く。

「ほら、布団を掛けるから横になって」

座って見ていたタロウが真似て横たわると、オーナーが布団を引き上げた。

布団で身体がすっぽり覆われ、なんとも言い難い安堵感を覚える。

「あったかい……」

横向きになって布団に潜り込み、身体を小さく丸めた。

暗くて狭くて暖かくて、これなら気持ちよく眠れそうだ。

なによりオーナーの温もりがすぐそばにあるから、穴蔵にいるときのように落ち着く。

「眠れそうかい？」

オーナーの声が布団越しに聞こえてきたけれど、返事をするのが億劫《おっくう》なほどの眠気に襲われたタロウは、そのままスヤスヤと眠ってしまっていた。

＊＊＊＊＊

「あーあ、また布団を剥《は》いじゃって……」

枕をクッション代わりにして身体を起こしている北城は、盛大に布団を蹴り上げたタロウを見て苦笑する。

いきなり一緒に寝かせてくれと言ってきたタロウが眠りに落ちてから、小一時間になろうとしている。

就寝時間はとっくに過ぎているのだが、何度もタロウに身体を擦り寄せられ、少しばかり心穏やかでなくなった北城は読書で気を紛らしていた。

「暖かくして寝ないと風邪を引くよ」

タロウに布団をかけ直してやり、ぽかっと口を開けている寝顔を見下ろす。

働き始めたその日に、眠れないからと言って雇い主のベッドに潜り込み、警戒心のかけらもない顔でぐっすり寝ている。

これほどまでに無防備な少年は見たことがない。新鮮に映ると同時に、あまりにも純粋すぎて心配になる。

「東京じゃとても暮らして行けそうにないな」

いくらも読み進まなかった本をサイドテーブルに戻し、スタンドの明かりを消して身体をずらし、タロウに背を向けて横になった。

東京で生まれ育った北城は、大学卒業後に大手の商社に就職した。出張で世界を飛び回る、まさにエリート街道を進んでいた。

けれど、仕事だけの生活に不満などまったく感じたことがなかったはずなのに、三十歳を過ぎたあたりから将来について真剣に考え始めるようになった。

同期たちが次々に結婚していき、幸せそうな家族の写真を見せられるようになったのが主たる原因だ。

高校時代に自分がゲイだと気づいた時点で、結婚は諦めていた。だから、妻を娶《めと》り、子を持った同期たちが羨ましかったわけではない。

遊び相手はいくらでも見つけられるが、ともに生活できるような同性がいっこうに見つからず、将来を憂《うれ》いてしまったのだ。

このままでは働きづめで老いていくだけ。自宅と会社を往復するだけの生活。自分の楽しみはいったいいなんなのだろうか。

そんな悩みを抱え始めた矢先、夫と二人でペンションを経営していた姉が、不慮の死を遂げた。それも夫とともにだ。

姉夫婦に子供はなく、残されたペンションをどうするかという話になったとき、北城はふと自分でやってみたくなった。

サービス業の経験など皆無で、経営者として向いているかどうかもわからない。ただ、東京であくせく働くことに疲れを感じ、将来を憂いていた自分に訪れた転機に思え、ペンションの経営者になる決心をしたのだ。

「うーん……」

布団を蹴り上げたタロウが、大きく寝返りを打つ。

いったい何度目だろうか。

頻繁に寝返りを打つせいか、貸してやったサイズの合わないパジャマの裾がどんどんずり上がり、すんなりとした足が剥《む》き出しになってしまっている。

「またか……なんて寝相が悪いんだよ」

愚痴をこぼしながらも、剥いだ布団をタロウにかけ直してやる。

「ふふっ……」

気持ちよさそうに笑ったタロウが、またしてもピタッと身体を擦り寄せてきた。

背中に感じる彼の体温に、北城は年甲斐《としがい》もなく困惑した。

ベッドで人の温もりを感じるのは久しぶりのことだ。

あまりにも前のことで、最後がいつだったかなどすっかり忘れてしまっている。

「タロウ君はあったかいな」

抱きしめて温もりを堪能したくなった。さぞかし心地いいに違いない。

「なんでそんなことを……」

自らの胸に湧き上がった衝動に、北城は焦りを覚えた。

恋愛対象は男だが、同性なら誰でもいいというわけではないし、若い子に惹《ひ》かれたことがない。

邪な思いでタロウを見たり、接したつもりは毛頭ない。けれど、今日一日を振り返って見ると、かなりの時間をタロウに囚《とら》われていた。

もちろん、アルバイトすらしたことがないと聞いていたから、心配だったせいもある。

ただ、ふと気がつけばタロウをかまっていた。可愛らしくて、明るい彼についつい目が行ってしまっていた。

無意識に目で追ったり、かまいたくなるこの気持ちはいったいなんなのだろうか。

まだ十八歳のタロウに、自分が恋愛感情を抱くことなどあるだろうか。

これまで経験したことがない感情が、タロウを見るたびに湧いてくるから困るのだ。

「オーナー……ありがとー……」

ぴったりと身体をくっつけて寝ているタロウの寝言に、自然と頬が緩んでくる。

「かまうと嬉しそうに笑うからなぁ……」

ニコニコしているタロウを見ていると、こちらも幸せな気分になれた。

後藤と美加代の三人でも楽しくやってきたけれど、タロウが働き始めたことで、これまで以上に仕事が楽しくなるような気がしてならない。

「まあ、恋する相手には若すぎるし、歳の離れた弟みたいなものか……」

明確な恋心の自覚がないのだから、悩んでもしかたない。

タロウは無邪気で人見知りをしない。懐かれるのは悪い気分ではなく、相手をしてやると面白いからかまってしまうだけ。他に理由などあるわけがない。

「明日の朝も早いんだ、寝るぞ」

自らに言い聞かせ、北城は眠りについた。

第四章

アルバイトを始めて三日目の早朝、タロウはペンションの裏庭で薪割りをする北城を見学していた。

すっかり明け方から冷え込むようになり、人間にしてもらったときに着ていたセーターとシャツでは、とうてい外にいられない。

けれど、タロウはもう着る物に困らなくなっていた。長老が山ほどの衣類を送ってくれたのだ。

妖力で出したものだと思われるが、身に着けることができないような変な服は入っておらず、寒くなっていく季節に相応《ふさわ》しいセーターや上着がたくさん揃《そろ》っていた。

今朝はベッドを出た瞬間に寒さを感じたから、シャツに厚手のセーターを重ねて、厚手のデニムパンツを穿いた。

朝食後に外に出るとオーナーに言われて上着を羽織ってきたので、地面に座って見学していても寒くはなかった。

「すごーい」

真っ二つに割れた薪を見て、タロウは両手を打ち鳴らす。

力仕事をしているオーナーはいつもと変わらない格好で、シャツの長袖を肘まで捲り上げている。

試しに斧《おの》を持たせてもらってどれだけ重いかわかっているから、台木の上に立てた太い木を易々《やすやす》と割っていく姿がすごく格好よく映った。

冴え渡る空気の中に響いていくカーン、コーンという薪割りの音が、なんとも言えず耳に心地いい。

「はぁ……」

一息つく間もなく二つ割りにした木を、さらに鉈《なた》で割ったオーナーが、周りに散らばった薪に目を向ける。

「タロウ君、薪を集めるから手伝って」

「はーい」

すぐさま返事をして立ち上がり、両手で尻を払いながら駆け寄っていく。

「こうやって重ねて、あそこの小屋に運んで」

集めてきた薪を地面の上で揃えて持ち上げたオーナーが、小屋に向かって歩き出す。

さっそくタロウも真似をして薪を集め始める。

「うそ……持てない……」

オーナーと同じくらいの量を集めて持とうとしたら、まったく腕が上がらない。

「軽そうに持ってたのに……」

本数を減らして再度、挑戦するが、まだ持ち上がらなかった。

「無理しないで持てるだけでいいよ」

戻ってきたオーナーを、しゃがんでいたタロウは驚きの顔で見上げる。

小屋まではけっこうな距離がある。それなのに、重い薪を運んで行って、もう戻ってきたなど信じられなかった。

「タロウ君に力仕事はまだ早かったか」

「そんなことないです」

役に立たないと思われたくないと意気込んだタロウは、無謀にも腕いっぱいに薪を抱えて立ち上がった。

「うわっ」

立ち上がったとたん重さに足元がふらつき、薪を抱えたまま転んでしまう。せっかく集めた薪が虚《むな》しく腕から零れていった。

「大丈夫？　だから無理しないでって言ったんだよ」

尻を打った痛みと、転んだ恥ずかしさに消え入りたい気分のタロウに、オーナーが片手を差し出してくる。

「ほら、立って」

急かすように手を振られ、タロウは躊躇いがちに握り取った。

すぐに手をきつく握られ、わけもわからずドキッとする。

大きくて力強い手。初めてオーナーと手を握り合ったせいか、ドキドキが激しくなっていく。

「せーのっ」

気合いを入れたオーナーに手を引っ張られ、タロウの細い身体がふわりと浮き上がる。

「タロウ君は軽いな」

立ち上がったタロウを、オーナーがしみじみと見つめてきた。

他の十八歳の男の子と、どこか違っているのだろうかと不安になる。

「あの……軽いといけないんでしょうか？」

「そんなことないよ、思ったより軽く感じたから驚いただけだ」

笑顔でそう言ったオーナーが、タロウの肩をポンと叩いてきた。

とくに変ではないとわかり、胸を撫で下ろす。

「さあ、早く薪を運んでしまおう」

「はーい」

タロウは散らばった薪を拾い集める。

オーナーは手早く集めた薪を両手で抱え、さっさと小屋に運んでいく。

確かに背は高いけれど、太っているわけでもなく、それほど力持ちには見えない。

それなのに、何本もの薪を軽々と抱えてしまうから凄い。

きびきびと動くオーナーは本当に格好よく見え、少しでも近づきたい思いがあるタロウは気合いを入れて集めた薪を持ち上げる。

「ふんっ」

オーナーが運んでいく薪の半分にも満たない量だけれど、どうにか抱えて立ち上がることができた。

「よいしょっと……」

足を踏ん張って薪を抱え直して安定させ、そろそろと歩き出す。

「頑張れ」

小屋から戻ってきたオーナーが、すれ違いざまに励ましてくれた。

少しの量しか運べないのに、馬鹿にしたり怒ったりしない。いつでも、どんなときでもオーナーは優しかった。

でも、どうせなら励まされるのではなくて、誉《ほ》めてもらいたいと思ってしまう。

段ボール箱の中にいたときにみたいに、大きな手で頭を撫で回してほしい。

それには一生懸命、働くしかないのだ。

オーナーの役に立つことは恩返しにもなるし、頑張れば誉めてもらえるかもしれない。

思っていた以上に働くことは大変だけれど、働くことの楽しさも覚えたタロウは、せっせと薪を運んでいた。

＊＊＊＊＊

夕食後の片づけを終えた後藤が帰宅し、オーナーと二人きりになったタロウは、団欒室でコーヒーでも飲もうかと誘われ、マグカップを手に食堂から移動してきていた。

宿泊客はそれぞれの部屋に戻っていて、団欒室だけでなくペンション全体が静まり返っている。

夕方から降り出した雨が強くなってきているのか、窓に打ち付ける音がやけに大きく聞こえた。

暖炉の前に置かれたソファに並んで座り、黙って二人でコーヒーを啜《すす》った。こんなにも長いあいだオーナーが口を開かないのは珍しい。

自分からなにか話をしたほうがいいのかもしれないけれど、なにを話題にしたらいいのかさっぱりわからない。

このままコーヒーを飲み終えたら、オーナーは部屋に戻ってしまうだろうか。それは少し寂しい気がする。もっとオーナーと一緒にいたい。

（そうか、なにか質問すればいいんだ……）

ふと閃《ひらめ》いたものの、知りたいことが山ほどあるから、なにを訊けばいいのか迷う。

下手なことを質問して、本当は人間ではないことがバレてしまったら大変だ。

（そうだ……）

コーヒーを一口、啜ってからマグカップを前のテーブルに下ろしたタロウは、少し身体をずらしてオーナーを見つめる。

「オーナーはどうしてペンションを始めたんですか？」

「うん？　興味あるの？」

ソファの背にゆったり寄りかかってコーヒーを飲んでいたオーナーが、タロウに顔を向けてきた。

「あります、教えてください」

オーナーが話をしてくれているあいだは一緒にいられる。

それに、オーナーが地元の生まれではないと美加代から聞いていたから、どうして山の麓で暮らすようになったのか知りたかった。

「最初にこのペンションを始めたのは僕の姉と旦那さんなんだ」

組んだ脚に載せていたマグカップを、オーナーが身を乗り出してテーブルに下ろし、額にかかる前髪を指でかき上げる。

ちょっとオーナーの瞳が翳《かげ》ったような気がした。聞いてはいけないことだったのだろうか。でも、それなら話し始めたりしないはずだ。きっと気のせいに違いない。

タロウは興味津々の面持ちで、オーナーが話をしてくれるのを待った。

「僕はずっと東京でサラリーマンをしていて、オーナーになる前は一度しかここに泊まりに来ていない」

「一度だけ？」

「そう、仕事が忙しかったし、こんなこと言ったら失礼になるけど、不便な田舎にあまり興味がなかったからね」

「じゃあ、なんでずっとここで暮らしているんですか？」

素朴な疑問を投げかけると、オーナーが小さく笑った。

どうして笑ったのだろう。おかしな質問をしたつもりはないけれど、少し不安になる。

「姉夫婦が事故で死んでしまってね、僕も東京での仕事に疲れ始めていたから、ペンションを引き継ぐことにしたんだ」

視線を前に戻したオーナーが、手を伸ばして取り上げたマグカップを口に運ぶ。

その横顔はいつになく暗い。初めて見る表情に、タロウは胸がチクリと痛む。

仲間の死は悲しいものだ。それが身内ともなれば、悲しみはより大きいはず。

オーナーはいつも笑みを絶やさないから、辛い思い出があるなど想像もしなかった。

人間にも動物にも優しいのは、そうした過去があるからなのかもしれない。

あの日、オーナーが助けてくれなかったら、罠から抜け出せないタロウは凍死していた可能性がある。息子を失った母親は、さぞかし悲しんだに違いない。

オーナーは命の恩人だ。一生懸命、働くだけで恩返しになるだろうか。もっと他に、オーナーのためにできることはないだろうか。

「どうしたんだい、そんな難しい顔をして?」

思い悩んでいるタロウを見て、オーナーが不思議そうに首を傾げた。

「あの……どうしたらボク、オーナーに恩返しができるかなって……」

「恩返しって?」

理解し難い顔で見返され、タロウはにわかに慌てる。

「いえ、あの……ここで働かせてもらったから……それで、あの……オーナーになにかお礼ができればいいなと思って……」

しどろもどろになりつつも答えると、柔らかに笑ったオーナーが首を横に振った。

「恩返しとかお礼とか、そんなことを考える必要はないんだよ、一生懸命、働いてくれてるからそれで充分だよ」

「本当ですか?」

「ああ、明るくて元気な君を見ていると、僕も頑張ろうっていう気になるからね」

笑みを絶やさないオーナーの言葉に、喜びが込み上げてくる。

まだ三日しか経っていないけれど、自分が役に立っているとわかっただけ嬉しい。

「さて、そろそろ寝ようか」

「はい」

マグカップを手に立ち上がったオーナーに倣い、タロウもソファから腰を上げる。

「もうひとりで眠れそう？」

先に歩き出したオーナーが、振り返りながら訊ねてきた。

最初の日だけでなく、昨日もオーナーのベッドで一緒に眠った。

暖かくて落ち着くから、隣で寝ると朝までぐっすり眠れるのだ。

「オーナーと一緒がいいです」

元気に答えると、オーナーはなぜか苦笑いを浮かべた。

一緒に寝るのが迷惑なのだろうか。

どうしても一緒がいいと言うのは我《わ》が儘《まま》なのだろうか。

オーナーに無理をしてほしくないから、ひとりで寝ると言ったほうがいいのだろうか。

タロウがあれこれ考えていたら、オーナーがにっこりとうなずいてくれた。

「わかった、じゃあ、シャワーを浴びて着替えたら僕の部屋に来て」

「はい。それ、ボクが厨房に戻しておきます」

オーナーの手からマグカップを取り上げ、厨房に走って行く。

いつもの笑みがすぐに戻ったのは、迷惑に思っていないからだろう。

今夜もオーナーと一緒に寝られるのが嬉しく、浮かれた様子で厨房に飛び込んだタロウは、二つのマグカップを洗い場に置き、そそくさと自分の部屋に向かった。

＊＊＊＊＊

パジャマに着替えて部屋に戻ってきた北城は、ベッドの端に腰かけて濡れた髪をタオルで拭いている。

「なんであんなに無邪気なんだろうな」

躊躇うことなく「オーナーと一緒がいい」と言い放ったタロウを思い出すと、なんとも言い難い気分になった。

日を追うごとに、タロウが可愛く思えてくる。弾けるような笑顔、人を疑うことを知らない純真な瞳、そして、ちょっと間の抜けたところが愛らしくてしかたがない。

若いタロウは恋愛対象から外れているはずなのに、彼と話をしていると気持ちが昂《たか》ぶるようになっていた。

「はぁ……」

大きなため息をもらして髪を拭いているタオルをベッドに放り出したそのとき、ドアをノックする音が響いてビクリとする。

「はい、どうぞ」

驚いた自分を笑いながら声をかけると、タロウがドアを開けて入ってきた。

祖父から送られてきたパジャマを着ている。水色のシンプルなパジャマだが、少しサイズが大きいのか、裾が引き摺《ず》り気味で、手が半分ほど隠れてしまっていた。

折り返すほどではないからそのままにしているのだろうが、可愛らしいのに何故か妙にエロティックに感じられるから困る。

「うわっ」

いきなり雷鳴が響き、ベッドに向かって歩いていたタロウがピョンと跳び上がった。

「ついに鳴り出したか……嵐にならないといいけど」

ベッドから腰を上げた北城はタオルを丸めてサイドテーブルに放り、掛け布団を大きく捲った。

「どうしたの？」

部屋の真ん中でタロウが立ち竦《すく》んでいる。

両の耳を手で塞ぎ、ぶるぶると震えていた。

どうやら雷が怖いらしい。

いまどき雷を怖がる子も珍しいと思いつつも、放っておけない気がした北城はタロウに歩み寄っていった。

「ぎゃ――――っ」

ひときわ大きな雷鳴が響いたとたん叫び声をあげたタロウが、北城を押し退《の》けてベッドに飛び乗り、頭からすっぽりと布団を被る。

「タロウ君……」

こんもりと盛り上がった布団が、小刻みに動いているのは、中にいるタロウが震えているからだろう。

小さな子でもあるまいしとさすがに呆れ、ベッドに戻って布団に手をかける。

「タロウ君、そんなに怖がらなくても……」

布団を捲った北城は、あり得ないものを見て息を呑《の》む。

叫びたいくらいの衝撃を受けたのに、驚きが大きすぎたせいで声が出ない。

パッと布団から手を放して背を向け、何度も首を捻った。

酒は飲んでいないから酔いが回っているわけではない。幻覚を見るほど疲れが溜《た》まっていない。ならば、自分が目にしたものはいったいなんだったのか。

大きく息を吐き出してから向き直り、そっと掛け布団に手を伸ばす。

布団を捲るだけのことに、これほどまで勇気を必要としたことがあっただろうか。

「せーのっ」

意を決して勢いよく捲った。

「オーナー……」

ベッドの上で蹲《うずくま》っているタロウが、半べそをかいて見上げてくる。

怖い思いをして泣いているタロウを目の前にして、北城は抱き寄せてやることも、慰めの言葉をかけてやることもできない。

ただ呆然と震えているタロウを見つめる。この世のものとは思えない姿をしているタロウを顔を強《こわ》ばらせて凝視した。

「オーナー……雷……」

縋《すが》るものが欲しいのか、タロウが躙《にじ》り寄ってくる。

彼が動く度に、太くて長い尻尾が揺れ動く。本来、人間にはない尻尾が、タロウの尻から生えているのだ。

それだけではない、顔の両脇にある耳が消え、毛に覆われた大きな三角形の耳が頭についている。

「オーナー？」

北城の様子がおかしいことにようやく気づいたのか、タロウがなにげなく自分に目を向けた。

「うわっ」

尻尾を見て仰天した彼が、泡を食ったように尻尾を抱え込み、パジャマの中に隠そうとする。

「あの……これは……」

タロウがあたふたとベッドを下りようとした瞬間、先ほどよりも大きな雷鳴が轟《とどろ》く。

「ひえ――っ」

言葉もなく立ち竦む北城に、彼が体当たりをするようにしてしがみついてきた。

「助けて……」

細い腕を背に回し、震える身体で縋りついてくる。

「怖いよぉ……」

恐怖に怯《おび》えているタロウを、北城は混乱の中にありながらも自然に抱きしめていた。

目と鼻の先にある動物の耳、タロウの背中で揺れるふさふさの尻尾。

声も顔も確かにいつものタロウなのに、どうして獣の耳と尻尾が生えているのか……。

現実にはあり得ない光景を目の当たりにし、思考が停止する。

おかしな姿になったタロウを抱きしめてから、いったいどれくらいの時間が過ぎただろうか。

気がつけば、ひっきりなしに鳴っていた雷が収まり、聞こえてくるのは降りしきる雨の音だけになっていた。

「はぁ……」

雷が止《や》んで落ち着いたタロウからため息がもれ、ハッと我に返った北城は抱きしめていた腕を解いて飛び退く。

「えっ……」

確かにあったはずの耳と尻尾が消えている。

夢か幻を見たというのか。この目で見たのだから、そんなわけがない。

間近からじろじろと見ていると、顔を引き攣《つ》らせていたタロウの大きな瞳からぶわっと涙が溢れてきた。

「オーナー……驚かせてごめんなさい……」

呆然としている北城に、いきなりタロウが頭を下げてくる。

詫《わ》びたと言うことは、やはり見間違いなどではなかったのだ。

では、どうして今は消えてしまっているのだろうか。北城は困惑するばかりで、まったく言葉にならない。

「あっ、あの……ボク、コタです……オーナーに助けてもらった狸なんです……」

「たっ、た、狸？」

あまりにも突拍子もない話に素っ頓狂な声をあげると、タロウがスッと片手を前に出してきた。

「ここ、森で罠にかかったときの傷痕です」

手首に残る一筋の傷痕を、北城は無言で見つめる。

罠にかかった子狸は、確かに前脚を怪我をしていた。

昔から狐《きつね》や狸は人を化かすと言われているけれど、現実として受け止めるのは容易いものではない。

「ボク、助けてくれたオーナーにどうしてもお礼がしたくて、長老さまにお願いして人間にしてもらったんです」

「長老？」

「携帯で話をしたおじいさん……仲間の中で一番、偉い狸です」

「なっ……」

タロウの祖父だと思って話をした相手が、狸の長老だと知らされて唖然《あぜん》とする。

狸が普通に携帯電話を使っているなど信じられるわけがない。だいたい、このあたりの山は少し奥に行くと電波が届かなくなるのだ。

では、どうやって狸の長老は自分と言葉を交わしたのだろうか。タロウの話を聞くほどに、頭がおかしくなりそうだった。

「ボク、オーナーにお礼をしたい一心で人間にしてもらったんです。傷の手当てをしてくれて、傷が治るまで暖炉の前の段ボール箱にいさせてくれて、抱っこして山に戻してくれたオーナーに、本当に感謝しているんです」

涙をいっぱい浮かべたタロウが、真っ直ぐに見上げてくる。

「ホントにあのコタちゃんなのか？」

涙に濡れた顔をジッと見つめた。

子狸を助けた話を、美加代から聞いた可能性はある。けれど、あの朝、子狸を抱いて山を登ったことは誰も知らない。

タロウがあの子狸の化身だからこそ知っていること。それは、目の前にいるタロウがあの子狸だということ。

現実にあり得ないことなどと、もう言っていられない。現に獣の耳と尻尾を見てしまったのだから、もう信じるしかなかった。

「一生懸命、働いてオーナーに恩返しができたら山に戻るつもりでした。お願いです、次の満月までしか人間でいられないんです。どうかそれまでオーナーのそばにいさせてください、ここで働かせてください」

必死に訴えてくるタロウをすぐさま追い返すのが忍びなく、北城は穏やかな笑みを浮かべて静かにうなずく。

「満月の夜までと約束してくれるなら、ここにいていいよ」

「約束しま……きゃ――――っ」

言葉半ばで雷鳴が響き渡り、タロウがしがみついてくる。

「ホントに怖がり……」

またしても獣の耳と尻尾を目にし、北城は言葉に詰まった。

出たり消えたりするこの耳と尻尾は、いったいどういう仕組みになっているのだろうかと、驚きよりも興味が募って手を伸ばす。

「ひっ……」

尻尾を掴まれたタロウが、その場でピョンと跳び上がる。

「本物なのか……」

「えっ？　あっ、また……」

振り返って自分の尻尾を確認したタロウが、尻尾を抱え込んで項垂れた。

「どうして尻尾が出ちゃうんだろう……」

「さっきも雷が鳴って叫んだときだったから、驚くと出現するのかも……」

ピクピクと動いている尖った耳を触りながらつぶやいた北城は、思いのほか冷静になっている自分に気づいて戸惑いを覚える。

タロウはいわば化け物だ。それなのに、愛しさが変わらない。困惑している彼を助けてあげたくなっている。

「自分で出したり消したりできるわけじゃないんだろう？」

「無理です……」

項垂れているタロウはどこか恥ずかしそうだ。

人間でも狸でもない姿が不本意なのかもしれない。

「とにかく、人前にいるときは驚かないように気をつけて」

「はい……」

「さあ、もう寝ようか」

項垂れたままのタロウをベッドに促し、並んで横になる。

これといってなにをしたわけでもないのに、北城はヘトヘトになっていた。

一刻も早く眠りたい思いで、布団を引き上げ、照明を消し、きつく目を瞑る。けれど、簡単には眠らせてもらえない。

「ひゃっ」

轟いた雷鳴に声をあげたタロウが、ピタッと身体を擦り寄せてくる。

尖ったふさふさの耳にあごをくすぐられ、こそばゆさに思わず顔を遠ざけると、すぐに追い縋ってきた。

怯えているタロウを突き放すわけにもいかず、雷が収まるまではどうにもなりそうにないと諦める。

「大丈夫だよ、ここにいれば安心だからね」

優しく頭を抱き込んでやり、落ち着かせるように背中をさすった。

ときおり尻尾が手に触れ、妙な気分になる。

この手で抱いているのは、タロウなのか狸なのか。

(どっちも狸か……)

タロウは人の姿をしているだけなのだと思い出し、狸を抱いてあやしている自分がおかしくなった。
しかし、狸とわかっていても、タロウを可愛いと思ってしまうのはなぜだろうか。
（考えるのはやめよう）
あれこれ悩んでいたら、このまま朝を迎えてしまいそうだ。
雷が早く収まり、明日の朝は雨が上がっていることを願い、北城は静かに目を閉じた。

第五章

「タロウ君、それを早くランドリーに運んで」

「はーい」

美加代に急《せ》かされたタロウは、取り替えたシーツやカバー類を詰め込んだ大きなカゴを両手で抱えて客室を出ると、一気に階段を駆け下りていった。

オーナーに狸の化身とバレてしまったことで長老にひどく叱られたけれど、どうにか頼み込んで満月までは人間の姿でいられるようにしてもらった。

だから、狸だと知ってもペンションで働くことを許してくれたオーナーのためにも、タロウは精一杯、仕事に励むつもりなのだ。

「はぁ、はぁ……」

厨房の奥にあるランドリーに到着して呼吸を整えたタロウは、大きな洗濯機の扉を開けてカゴの中身をすべて入れる。

洗濯機の使い方はもう覚えた。洗剤と漂白剤を入れて扉を閉め、スイッチを入れる。

あとのことは洗濯機に任せ、すぐさま美加代のもとに戻って行く。

階段を駆け上がっていくと、客室から軽装の女性が二人、廊下に出てきた。

「あら、タロウ君、今日も元気一杯ね」

「お出かけですか？」

声をかけられたタロウは、足を止めて応対する。

宿泊客はみな気さくでいい人たちばかりだから、ついお喋りしてしまうのだ。

「近くに美味しい牛乳を飲ませてくれる牧場があるって聞いたから、ドライブがてら行こうと思って」

「アイスクリームも美味しいんですって。タロウ君は食べたことある？」

「昨夜、オーナーが話していた牧場のことですよね？　ボク、行ったことないんです」

団欒室での会話を思い出したタロウが首を横に振ると、ひとりの女性がなにか閃いたように笑った。

「じゃあ、お土産に買ってきてあげるわね」

「わー、ありがとうございます」

「行ってきます」

「お気をつけてー」

手を振って女性客を見送り、美加代のもとに急ぐ。

「洗濯機、回してきました」

「ありがとう、タロウ君がいてくれるから、仕事が捗《はかど》って助かるわぁ、ホント、ずいぶん楽になっちゃった」

美加代がそう言いながら、掃除道具を持って客室を出てくる。

ようやく役に立てるようになったのだと思うと嬉しくてたまらず、タロウは満面に笑みを浮かべた。

「こっちはもういいから、食堂に掃除機をかけてきて」

「はーい」

新たな仕事を頼まれたタロウは、急ぎ足で食堂に向かう。

階段の下に作られた戸棚から掃除機を取り出し、食堂の床を掃除し始める。

いまだに掃除機の音が怖くてビクビクしているけれど、どうにか使えるようにはなっていた。

椅子を上げたテーブルの下も、食堂の四隅も、しっかり丁寧に掃除機をかけていく。

そうしているあいだも、ときおり厨房のドアがパタンパタンと音を立てる。

料理の仕込みをしている後藤が出入りしているようだ。

後藤とはいつも一緒に晩ご飯を食べている。けれど、彼は相変わらず無愛想で、ほとんど会話をしていない。

初めて顔を会わせた客とも楽しく話をしているのに、後藤と仲よくなれないのが寂しくてしかたない。

ペンションにいられるのもあと少し。できることなら、みんなと仲良くなって狸の村に帰りたかった。

食堂の掃除を終え、掃除機を戸棚にしまったタロウは、なにか手伝えることはないだろうかと思って厨房に入っていく。

「後藤さん、お手伝いさせてください」

「間に合ってるよ」

後藤はけんもほろろだが、そう簡単に引き下がるつもりはない。

「そんなこと言わずに、なにかさせてください。ボク、言われたこと、なんでもやりますから」

「ちょろちょろされると気が散るんだよ」

後藤は早く消え失せろとでも言うように、片手を振って見せる。

ここで厨房を出たら負けだと思い、タロウは後藤に歩み寄っていく。

「なんでもいいんです、絶対に邪魔はしませんから」

真っ直ぐに顔を見て頼み込むと、後藤が呆れ顔たように大きなため息をもらした。

「ったく……そこの皿でも洗って」

「はい」

仕事を得たタロウは、ウキウキと流しに向かう。

客たちが朝食のときに使った食器が、流し場に溜めた水に浸かっている。

後藤はひとりで料理を作っているだけでなく、食器洗いもしているのだから大変だ。

「いつも美味しい食事を作ってくれてありがとうございます」

さっそく皿を洗い始めたタロウは、調理台に向かっている後藤に声をかけたが、まったく反応がない。

あまりうるさくすると、厨房を追い出されてしまうかもしれない。せっかく話をする機会ができたのだから、時間をかけてみよう。

そう思い直したタロウは、皿洗いに専念する。といっても、皿洗いの経験はなくて見よう見真似だから、なかなか上手くいかない。

しっかり持っているつもりでも、ツルツルしている皿が手から滑り落ちてしまう。

「気をつけないと……」

割らないように注意しなければと思った矢先、手から滑り落ちた皿が流しの縁にあたって跳ね返る。

「うわっ……」

咄嗟に手を伸ばしたけれど皿には届かず、ガッシャーンという派手な音が響く。

「なにやってんだ！」

包丁を手に振り返ってきた後藤にすごい剣幕で怒鳴られ、驚いたタロウはピョンと飛び退く。

「すみませんでした」

すぐに謝って頭を深く下げ、叱られるのを覚悟で恐る恐る後藤に目を向ける。

けれど、彼は包丁を握り締めたままポカンと口を開け硬直していた。

記憶に新しい状況に、まさかと思ってタロウは尻に手をやる。

「あっ……」

手に触れたのは紛《まぎ》れもない狸の尻尾。ということは、耳も出ているのだろうか。

頭に手をやってみると、ふさふさとした耳があった。

「後藤君、今夜の……」

扉を開けて入ってきたオーナーを目にしたタロウは、一目散に駆け寄っていって後ろに身を隠す。

「タロウ君、なんで……」

「あ、あの……お皿を割ってビックリしちゃったから……」

オーナーのシャツを握り締め、申し訳ない思いで身を縮める。

「わかった、大丈夫だから気持ちを落ち着かせて」

優しく言い聞かせてきたオーナーが、後藤に歩み寄っていく。

「後藤君、実は……」

「なんなんですかそいつ……いきなり耳とか尻尾とか……」

包丁を握り締めている後藤の手が、ぶるぶると震えているのが見て取れる。

「とにかく包丁を下ろして、危ないから」

オーナーに説得された後藤が、タロウを睨《にら》みつけたまま包丁をまな板に下ろした。

「後藤君、あの子は前に助けた子狸なんだ」

「はぁ？」

「信じられないだろうけど、人間の姿に化けているんだよ」

「オーナー、冗談もほどほどに……」

「君も急に現れたタロウ君の尻尾と耳を見ただろう？　冗談でもなんでもなく、あの子の本当の姿は狸なんだ」

「なんで助けた狸が人に化けて出てきたんですか？」

後藤はオーナーを見たりタロウを見たりと、忙《せわ》しなく視線を移している。

信じてくれなかったらどうなるんだろうかと不安でならないタロウは、神妙な面持ちで二人の様子を見守った。

「恩返しに来てくれたんだよ。次の満月には森に帰る約束だから、どうかこのことは誰にも言わないでいてほしい」

両手を前で合わせたオーナーが、必死に頭を下げる。

「誰にも言いませんよ、こんな馬鹿げた話をしたって誰も信じてくれないし、頭がいかれたと思われるのがオチですから」

「ありがとう、助かるよ」

ホッとした顔で礼を言ったオーナーが、肩を落として待っているタロウに歩み寄ってきた。

「ああ、もう消えたね」

肩に手を回してきたオーナーの言葉に、耳と尻尾が消えていると気づかされる。

と同時に、割った皿をそのままにしていることを思い出す。

「オーナー、お皿を割っちゃってすみませんでした、すぐに片づけます」

頭を下げて詫びたタロウは、すぐさましゃがんで割れた皿を拾い集め始めた。

「手を切らないように気を付けて」

「はい」

幸いなことに皿は粉々になっていなくて、大きな欠片になって散らばっている。

一番大きな欠片に他の欠片を重ねていき、拾い残しがないように床を見回してから立ち上がった。

「そこに置いておけばいいよ」

「はい」

オーナーに言われるまま、割れた皿を調理台に下ろす。

「さあ、行こう」

促されたタロウは、項垂れて厨房を出て行く。

「すみませんでした……ご迷惑をかけて本当にすみませんでした」

廊下に出たところでオーナーと向き合い、何度も何度も頭を下げた。

恩返しどころから迷惑をかけてしまい、申し訳なくてしかたない。

詫びのしようもないとは、きっとこういうことを言うのだろう。

「後藤君は信頼できる男だから、心配しなくて大丈夫だよ。それより、タロウ君は驚く癖をどうにかしないと」

「そんなこと言われても、どうしたらいいのか……」

「そうだな、気をつけてとしか言いようがないな」

困り顔で見上げると、オーナーは苦笑いを浮かべた。

「後藤君のことは大丈夫だから、さあ仕事に戻って」

「はい……本当にすみませんでした」

改めて頭を下げ、タロウは美加代を捜しに行く。

いくら気をつけたところで、いきなり怒鳴られたりしたら、誰でも驚く。平然としているのは無理な話だ。

「はーぁ……」

勝手に耳と尻尾が出てしまうのだから、どうしようもない。

肩を落として歩くタロウは、驚くような状況に陥らないことを祈るしかなかった。

＊＊＊＊

ようやく一日の仕事が終わり、タロウはシャワーを浴びるために部屋に戻ってきた。

「はぁ……」

後藤を交えた夕食が息の詰まるような時間だったこともあり、いつになく疲れを感じている。

「やっと来たか」

項垂れていたタロウは、いきなり聞こえた声にパッと顔をあげた。

「だ、誰？」

ベッドの端に着物姿の見知らぬ老人が腰かけている。

白髪で、顔には深い皺《しわ》が刻まれていた。

「ワシじゃ、声でわからぬか？」

「ちょ……長老さま？　えーっ、うそー」

老人の姿を面白がって眺めていると、長老が怒りの声をあげた。

「嘘ではない！　一度ならず二度までも人間に正体を見られたおまえを、狸の里に連れ帰るために来たのだ」

のっそりと立ち上がった長老が、厳しい顔つきでタロウを見上げてくる。

「嫌です、満月になるまでにはまだ日があるじゃないですか、それまでボクは人間でいたいです」

咄嗟に拒むと、怒りを露《あら》わにした長老にグイッと腕を掴まれた。

「我が儘を言うでない」

長老が一喝すると同時に、身体が目に見えない力に引っ張られ、瞬く間に渦に飲み込まれていく。

凄まじい回転に目が回り始めたタロウは、妖力で狸の里に飛ばされたのだと悟る。

『あうっ』

ドンと躯が叩きつけられ、遠のいていた意識が舞い戻った。

『ここは……』

最初に目に入ってきたのは、敷き詰められた藁。少し目線を上げると、狸の姿に戻った長老が奥に座っている。

『あっ』

まさかと思って自分に目を向けたら、狸に戻っていた。

『なぜワシたちが狸の村で暮らしていると思っているのだ？　人間に追われ、住む場所を失ったからなのだぞ。あのまま人間のそばにいれば、いずれおまえは大勢の人間に狸だと知られてしまう。そうなったときにどうなるかくらい、おまえにも想像がつくだろう？』

『はい……』

長老の厳しい言葉に、タロウはコクリとうなずき返す。

自分が出会った人間はみな優しかった。けれど、そうではない人間がいないとは言い切れないのだ。

人間に化けることができる狸が存在すると知られたら、きっと騒ぎになるだろう。妖力を持つ長老の身が危険にさらされる可能性もある。

仲間が静かに暮らしていけるのは、長老が作った狸の村があるからこそ。自分のせいで平和を乱してはいけないのだ。

『おまえはしばらくワシのもとで反省するがいい』

『はい』

タロウはのそのそと立ち上がり、穴蔵の隅に移動して蹲る。

人間の姿に変えることができる妖力の持ち主は長老だけ。怒らせてしまった以上、もう人間になることはできないのだ。

『オーナー……』

どうしてこんなに寂しいのだろう。

オーナーを思い浮かべただけで、とめどなく涙が溢れてくる。

寄り添って寝た夜が忘れられない。

優しく抱き留めてくれる腕の中で眠るあの心地よさを、もう二度と味わうことができないのだ。

急に姿を消してしまったから、きっとオーナーは心配しているに違いない。

別れを告げられなかったのが、本当に悔やまれてならなかった。せめて、山に戻ることを伝えたかった。

『オーナー……』

優しい笑顔が瞼《まぶた》に浮かぶ。

楽しかった日々が、脳裏を駆け巡っていく。

ずっと一緒にいられないことはわかっていたけれど、こんな形で別れがやってくるとは思っていなかった。

もっとたくさん話がしたかった。もっといろいろなことを一緒にしたかった。

予期せぬオーナーとの別れに涙を流すタロウは、後悔の念ばかり募らせていた。

第六章

　タロウが姿を消してからの北城は、心にぽっかりと大きな穴が空いたような、寂しくて虚《むな》しい日々を過ごしていた。

　いくら捜しても見つからない。荷物を残したまま、まるで神隠しにあったかのように消えてしまった。

　なぜ急にいなくなってしまったのか、さっぱり理由がわからない。山に戻るにしても、挨拶をせずに帰ってしまうような子ではないだけに、よけい解せないでいた。

「ありがとうございました」

　チェックアウトした宿泊客を見送りに玄関の外まで出てきた北城は、いつもと変わらない微笑《ほほえ》みを浮かべて深く頭を下げる。

　東京から来た若い女性の二人連れで、ペンションを利用してくれたのは初めてだ。

　どれだけタロウが気がかりであっても、オーナーとしての仕事を放り出すことなどできるわけもなく、北城は笑みを絶やさない。

「とても楽しかったです、また泊まりにきますね」

「是非、いらしてください。たいして楽しむところもない山奥ですが、季節ごとに色を変える山の景色は、それはそれは美しいですから」

「私たち雪景色が見たいなって話していたんですよ、ねっ？」

北城の言葉に、女性たちが顔を見合わせて笑う。

「それはいい、私が一番お勧めする季節が冬なんです」

「本当ですか？」

「ええ、雪にすっぽりと覆われる冬になると、このあたりはまるで北欧を思わせる幻想的な風景になって、日本にいることを忘れてしまいそうになりますよ」

「素敵！」

「スノートレッキングも楽しめますから、一度、いらしてみてください」

「絶対、来ます」

またしても女性たちが顔を見合わせる。

ペンションのウリは、後藤が腕を振るうイタリア料理と景色しかない。それでも、彼女たちのように、また来たいと言ってくれる客が多くいるのは有り難いことだった。

「お待ちしております」

「さようなら」

「お気をつけて」

手を振りながら駐車場へと歩いて行く二人を、北城は最後まで見送る。

これまでは、隣にタロウがいた。

いつしかタロウは一緒に客を見送るようになっていた。短い宿泊期間中に親しくなった客を、当然のように屈託のない笑みを浮かべて見送っていた。

隣にいるのが当たり前になっていたから、客を送り出すたびに寂しさが募った。

「はぁ……」

小さく息を吐き出し、建物の中に戻る。

彼女たちが帰ったことで、宿泊客は誰もいなくなった。

明日になればまた新たな客がやってくるが、翌朝までは比較的、自由に過ごせる。

「少し奥まで捜しに行ってみようか……」

これまでは時間をかけてタロウを捜すことができず、近場を見て回っただけだ。

すでに仲間のもとに戻っているかもしれないが、途中で事故に遭っている可能性が捨てきれない。

おっちょこちょいでドジなタロウは、また猟師が仕掛けた罠にかかっているかもしれない。

動けなくなって泣いている姿を思い描いたら、いても立ってもいられなくなった。

「タロウ君……」

事務所に戻ってコートを羽織った北城は、その足で調理場に向かう。

「後藤君、ちょっと出かけてくるから、僕が戻る前に仕事が終わったら戸締まりをしていってくれないか」

「了解です」

なにも問うことなく返事をしてきた後藤に「よろしく」と声をかけ、今度は控え室に足を向ける。

「美加代さん、お疲れさまです。今日はお客さまもいらっしゃらないので、早めに上がってください」

開け放しのドアから顔を覗《のぞ》かせて声をかけると、上着を羽織っている北城を見て美加代が小首を傾げた。

「お出かけですか？」

「ええ、これからちょっと出かけますので、適当な時間に上がってかまいませんので」

「わかりました」

軽く会釈をして控え室をあとにし、足早に玄関へと向かう。

外は薄曇りで、午後にはひと雨きそうだ。

傘を取りに戻ろうかと考えたが、コートにフードがついているから大丈夫だろうとそのまま行くことにした。

タロウは山の奥深いところに狸の村があると言っていた。詳しい場所は教えられないと言われ、あえて訊くこともなかったが、今となっては悔やまれる。

「どのくらい奥なんだろう……」

山菜やキノコを採るために幾度となく山に入っているが、そう奥深くに足を踏み入れることなくきた。

狸の村が山の奥深いところにあるとしかわかっていないのに、山を登っていくのは無謀すぎる。

それでも、タロウが心配でじっとしていることができない。いまやタロウは、北城から冷静さを奪うくらい、たいせつな存在になっているのだ。

「タロウくーん」

声をあげながら、獣道を上っていく。

途中で拾った丈夫そうな枯れ枝で藪を探り、周囲に目を配り、些細《ささい》な異変も見落とさないよう神経を尖らせてひたすら足を進める。

いったいどれくらい過ぎただろうかと腕時計に目を向けると、もう二時を過ぎていた。一心不乱に三時間近く歩き続けたのだ。

あたりは足を踏み入れたことがない場所で、頼りにしてきた獣道はもう道筋すら怪しい状態になっている。

それでも、足を止めることなく上を目指す。タロウを見つけたい一心で、足を進めた。

「はぁ、はぁ……」

さすがに息が荒くなってくる。

空を覆っていた雲が、ペンションを出たときよりもあきらかに厚くなっていた。思っていた以上に早く雨が降り出すかもしれない。そう思った矢先、ぽつりぽつりと雨が顔にあたり始める。

「タロウくーん、タロウくーん」

いくら呼んでも、自分の声が虚しく響くばかりだ。

「この先まで行くのは厳しいか……」

足を止めてフードを被った北城は、大きく空を仰ぎ見る。

雨足は強くなっていくいっぽうで、空がよりいっそう暗くなっていた。

足元に目を向けてみると、まだかろうじて地面が見えている。

今のうちなら、まだ迷うことなく麓まで下りることができそうだ。

タロウを見つけられなかったのが残念でならないが、日を改めようと思い直した。

「うわっ」

濡れた枯れ葉にツルッと足を取られ、バランスを崩して慌てる。

焦りは禁物だと自ら言い聞かせ、足元を確かめながら慎重に歩いて行く。

フードにあたる雨音が、どんどん大きくなっていくようだ。短時間では止みそうにない降り方に不安を覚える。

足元が泥濘《ぬかる》み始めてしまったら、歩くのが容易でなくなる。一刻も早く麓まで辿《たど》りつかなければと思ったそのとき、踏み出した足がズルッと滑った。

「うわ――――っ」

派手に尻餅をつき、そのまま転がりながら急降下していく。

必死に手を伸ばして藪を掴んだが、体重を支えきることができずに枝が折れる。

「うっ……」

転がる身体がなにかにドスンとあたり、反動で頭をしたたかに打って北城は気絶した。

＊＊＊＊＊

『確かにこっちのほうから聞こえたのに……』

遠くから聞こえてくるオーナーの声に気づいたタロウは、長老の穴蔵でジッとしていることができず、目を盗んで狸の村を出てきた。

降り出した雨の中を懸命に走り、会いたくてたまらなかったオーナーの姿を捜す。

『きっと捜しに来てくれたんだ、ボクが黙っていなくなっちゃったから……』

尖った耳を澄まし、小さな鼻をクンクンさせながらしばらく獣道を下っていくと、小さな呻《うめ》き声が聞こえてきた。

間違いなく人間の声だ。こんな山奥にオーナー以外の人間が入ってくるわけがない。

タロウは声を頼りに走って行く。声が苦しそうで、嫌な予感がする。

『オーナー……』

ようやく見つけたオーナーは、大木の根元に横向きで倒れてぐったりしていた。

フードを被っているけれど顔はずぶ濡れで、ひどく青白く見える。

雨が降っているのに、こんなところで寝るわけがない。絶対におかしいと思って近づいていくと、ズボンが泥で汚れていた。

獣道を滑り落ちたのかもしれない。声が苦しそうなのは、怪我をしているからかもしれない。

呻いているのだから、死んではいない。早く起こさなければと、耳元に顔をよせて大きな声を出す。

『オーナー、オーナー』

呼びかけても無駄だとわかっているけれど、タロウは一生懸命、声をあげながら躯を擦りつける。

『冷たい……』

鼻先をオーナーの顔に寄せると、ひんやりとしていた。

こんなところで寝ていたら、身体が冷え切ってしまう。

揺り起こすこともできない。人間の姿をしていたらできることが、狸にはできないから悔しくてたまらない。

考えあぐねた末、とにかく温めてあげたほうがいいと思い立ち、オーナーが投げ出している二本の腕のあいだに入り込み、できるだけ躯をくっつけて丸くなる。

『オーナー、早く目を覚まして。こんなところで寝たら駄目だよ』

「うーん……」

必死の訴えが通じたかのように、オーナーの腕がピクッと動き、次に頭が揺れた。

「うっ……」

小さく吐き出して顔をしかめたオーナーと目が合う。

まだ焦点が定まっていないようだったが、気がついてくれた嬉しさに涙を滲ませながら顔を擦り寄せる。

『オーナー、よかった……オーナー……』

「はぁ……」

深いため息をもらしたオーナーがのそりと身体を起こし、大木に寄りかかった。

ピョンと飛び退いて座ったタロウは、どこか怪我をしていないだろうかと心配でジッとオーナーを見つめる。

「狸?」

ようやくタロウに目を留めたオーナーが、そっと手を伸ばしてきた手で頭に触れた。

懐かしい大きな手に、グイグイと頭を押しつける。

「どうして狸が……あっ……」

言葉を切ったオーナーにいきなり前脚を掴まれた。

驚いて目を丸くすると、しきりに怪我をした脚の先を調べている。

傷痕は毛が生えていなくて、そこだけ皮膚が見えるから、タロウだと気づいてくれるかもしれない。

「これ、傷痕だよな……」

前脚を下ろしたオーナーが、ジッと見つめてきた。

人間の言葉を喋れないのが、もどかしくてたまらず、片膝を立てて座っているオーナーの脚のあいだに入って、もこもこの躯を擦り寄せる。

「タロウ君だね？　タロウ君なんだね？」

いきなり躯を持ち上げられ、ぎゅーっと抱きしめられた。

『オーナー……』

タロウだとわかってくれた嬉しさに、オーナーの濡れた頬をペロペロと舐める。

「タロウ君、どうしていなくなってしまったんだい？　急にいなくなってしまったから、君のことが心配で何日も捜していたんだよ」

オーナーが優しく頭を撫でてくれた。

狸の村に連れ戻された理由を説明したいけれど、それができないタロウは、申し訳ない思いで見つめる。

「今から山を下りるのは無理そうだから、ここで朝まで過ごそうと思っているんだ。もし嫌じゃなかったら付き合ってくれないか？」

『もちろんです』

タロウはコクンコクンと頭を縦に動かす。

オーナーと一緒にいられるのは、本当にこれが最後だろう。もう二度と会うことが叶わないのだから、朝まで絶対にそばを離れたくなかった。

「言葉がわかるの？　ありがとう」

タロウを抱いたまま両の脚を伸ばしたオーナーが、腿《もも》の上に下ろしてくれる。

そこで躯を丸めて見上げると、柔らかな笑みを浮かべて背中を撫でてくれた。

心配して捜してくれたオーナーは、本当に優しくていい人間だ。

人間がみなオーナーみたいに優しかったら、長老もきっとあんなに怒ったりしなかっただろう。

せめて満月になるまで、人間でいたかった。オーナーと一緒に楽しい思い出をいっぱい作りたかった。

オーナーの優しさに触れたタロウは、予定よりも早く狸に戻されてしまったことを改めて残念に思いながら、背や頭を撫でられる心地よさに浸っていた。

＊＊＊＊＊

大木に背を預けて眠っていた北城は、木々の隙間から差し込む朝日と鳥の囀《さえず》りに目を覚ました。

「もう朝か……」

強ばった背を伸ばそうとしたとき、腿の上で蹲っているタロウに気づき、そっと揺り起こす。

「タロウ君、朝だよ起きて」

ぐっすりと眠っていたところを揺すられて驚いたのか、タロウが目をまん丸くして見上げてきた。

狸に戻ってしまった理由はわからない。満月を前にして山に戻ってしまったのには、そうしなければならないなにかがあったのだろう。

再会できた喜びはひとしおだが、もう人の姿になったタロウと会うことができないのかと思うと、やはり寂しさが募る。

「ありがとう、君がいてくれたから温かくてよく眠れたよ」

「クゥーン……」

伸ばした手に、濡れた鼻先を擦りつけてくる。

本当に可愛いくてしかたない。本当にもう人間になることはできないのだろうか。

タロウにもう一度、会いたい。無邪気に懐いてくるタロウを抱き締め、柔らかそうな唇にくちづけたい。

ともにいつまでもペンションで楽しく暮らしたい。純真な丸い瞳を見つめていると、素直な思いが溢れてきた。

「はぁ……」

狸に戻ったタロウと再会して、ようやく失い難い存在だと気づいたところでもう遅い。

「人生って上手くいかないものだね？　人間のタロウ君とずっと一緒にいられたらよかったのに……あっ」

頭を撫でてやっていたタロウが、突如、北城の脚から飛び降り、一目散に獣道を駆け上がっていった。

「タロウ君……」

まるで逃げるようにして走りさっていったタロウを、力なく笑いながら見つめる。

昨日は人間の言葉を理解しているように感じたけれど、やはり動物には通じないのだ。

きっと腹でも減って仲間のもとに戻って行ったのだ。

「タロウ君の無事を確認できたんだから、それでよしとするか……」

自らにそう言い聞かせて立ち上がった北城は、濡れたコートを脱いで雫《しずく》を振り払い、片腕に引っかけて山を下り始めた。

幸い怪我はなくすんだが、あちらこちらが軋《きし》んで痛む。もうしばらく休もうかと思ったが、後藤や美加代が出勤してくる前にペンションに戻りたかった。

さすがにこのヨレヨレの姿を見られたくない。早く帰って熱い湯に浸かり、いつもと変わらない姿で彼らの前に立ちたい北城は、痛みを堪えて麓を目指していた。

＊＊＊＊＊

『長老さま——っ』

息せき切って穴蔵に飛び込んで行ったタロウを、奥で横になっていた長老がむくりと起き上がり、怖い顔で睨みつけてくる。

『おまえはまた村を抜け出したのか！　なぜワシの言うことが聞けぬのだ？』

『長老さま、お願いです、ボクをもう一度、人間にしてください』

叱りつけてきた長老に詫びもせず、タロウは願いを申し出た。

オーナーが人間の自分に会いたがっている。その思いに応えたい。なにより、自分も人間の姿になってオーナーに会いたい。そのことしか頭になかった。

『なんだと？　そのような願いが叶えられると本気で思っているのか？』

『長老さま、お願いです、ボクは人間の姿になってオーナーに会いたい……人間のタロウになってオーナーのそばにいたいんです』

タロウが一歩も引かずに詰め寄ると、カッと目を見開いた長老が怒りを爆発させた。

『反省するどころか、そのような我が儘を言うなど以《もっ》ての外、なぜおまえは自分のことしか考えられないのだ』

『ごめんなさい……でも、ボクにとってオーナーはとっても大切な存在だってわかったから……』

『人間がたいせつな存在だというのか？　ワシら仲間たちよりもたいせつなのか？』

長老はまだ怒りが治まっていないようだ。

とても怖い顔をしているけれど、タロウは諦めなかった。

『オーナーは優しい人間です。仲間たちを苦しめた人間とは違います。それに、ボクはオーナーから働く楽しさを教えられて、すごく成長したと思います』

『確かに口先だけは立派になったようだな』

『ボクは狸でいるのが嫌なわけじゃありません、ただ人間としてオーナーのそばにいたいだけなんです』

『はぁ……』

長老が苦々しい顔で深いため息をもらした。

『それほどまで言うのであれば、人間にしてやろう』

『本当ですか？』

『ただし、二度と狸に戻ることは許さぬ、その覚悟はあるのか？』

長老が厳しい顔つきでタロウを見てくる。

『おまえは生涯を人間で終える覚悟があるのか？』

追い打ちをかけるように訊ねてきたけれど、少しも迷いはなかった。

『オーナーと一緒にいられるなら、狸に戻れなくてもかまいません』

『それほどまでに、あの人間に惹かれておるのか？』

『はい』

『ならば、いますぐ人間に……』

『長老さま、待ってください』

『なんだ？』

妖力を使おうとした長老を慌てて止め、タロウはズイッと前に出る。

『お母さんに、お別れを言いたいです』

虫がよすぎる願いだとわかっていた。

それに、間もなく親離れをする時期だから、母親もきっと寂しがらないだろう。

それでも、自分を育ててくれたのは母親に他ならない。別れも告げずに狸の村を去ることはできなかった。

『おまえが人間として生きることを母親に言うことはできない。それでも、母親のもとを離れることを上手く説明できる自信があるのか？』

『大丈夫です、上手にお別れしてきますから、待っていてください』

タロウはそう言い残し、長老の穴蔵を飛び出していく。

狸の村を出る本当の理由を言えないのだから、母親に嘘をつかなければならない。

最後まで親不孝で申し訳ないけれど、もう後戻りはできなかった。

『お母さーん』

母親と一緒にずっと暮らしてきた小さな穴蔵に、タロウは勢いよく入っていく。

『タロウ？　長老さまから戻っていいとお許しが出たの？』

『あ、あの……』

久しぶりに見る母親が、ひどく懐かしく感じられる。

これきり会えないのかと思うと、胸に熱いものが込み上げてきた。

それでも、人間として生きていくのだと固く心に決めたタロウは、いつものように明るく振る舞う。

『お母さん、ボク、修業の旅に出ることになったんだ』

『修業の旅？』

穴蔵の奥で蹲っていた母親が、のっそりと躯を起こす。

『長老さまが、おまえが悪戯《いたずら》ばかりしているのは、いつまでも親離れをしないからだ、狸の村を出て厳しい森の中で修業してこいって』

長老の穴蔵を出てから、母親が悲しまずにいられる嘘を必死に考えた末、ようやく思いついたのだが、信じてもらえるだろうか。

『村を出て行く？　そんな危険なこと……』

『でも、長老さまはそれくらいしないとダメだって言うし、ボクも頑張るから』

心配そうな母親をどうにか安心させようと、タロウは笑顔を向ける。

『そうだね、おまえがここを出て行くのは寂しいけれど、長老さまの仰《おっしゃ》る通りかもしれないね』

『ボク、立派になるから、お母さんのこと絶対に忘れないから』

母親に歩み寄っていったタロウは、一緒にいるときはいつもそうしていたように、小さな躯を擦りつける。

『お母さん、いままでありがとう。あんまりいい子じゃなかったけど、ボク、お母さんが大好きだよ』

『叱ってばかりだったけど、私にとっておまえは可愛い我が子、しっかり生きていくんだよ』

『はい』

泣きそうになるのを堪え、もう一度、母親の首に頭を擦り寄せてから離れた。

『行ってきます、お母さん』

『タロウ、気をつけて』

ひとしきり母親と顔を見合わせ、タロウは穴蔵を出て行く。

母親は穴蔵から出てくる気配がない。去って行く息子を見たら泣いてしまうからかもしれない。

タロウも振り返ることなく、長老の穴蔵を目指して駆けていく。一度でも振り返ってしまったら、心が揺らぎそうな気がしたのだ。

『さようなら、お母さん、大好きなお母さん元気でいてね』

母親の健康を祈りながら地面を蹴り続けたタロウは、長老の穴蔵の前までくるといったん脚を止めて空を仰ぎ見た。

『オーナー、人間になって会いに行きます』

これから人間として生きる決意を新たに、長老が待つ穴蔵へと入っていく。

『長老さま、お待たせしました』

『納得のいく別れができたか？』

『はい』

長老の前に座り、大きくうなずき返した。

うむと小さくつぶやいた長老が、カッと目を瞠る。

『ならば、人間として一生、過ごすがいい』

『うわ――――――っ』

いきなり躯が宙に浮いたかと思うと、見えない力に引っ張られ、すぐさまぐるぐる回り始める。

「ひえ――――っ」

目が回って意識が飛びそうになる直前、硬い床にドーンと身体が叩きつけられた。

見覚えのある場所。どうやらペンションの自室に飛ばされたようだ。

「いったぁ……」

長老の怒りを全身に浴びたかのような、衝撃を受けている。

我が儘を言ってしまったのだからしかたない。

「ごめんなさい、長老さま……」

真摯に詫びながら身体を起こしたタロウは、すぐさまオーナーの部屋に向かった。

ノックをしても返事がなく、そっとドアを開けて覗いてみたが、オーナーの姿は見当たらない。

「あっ、そっか……」

まだ山を下りている途中なのだと思い当たり、部屋を出て階段を駆け下りていく。

そのまま玄関に行ったけれど、鍵が掛かっていて扉が開かない。

あれこれ弄《いじ》ってみたけれど、鍵を開けることができずジタバタする。

「開いた！」

ようやく鍵が開き、重い木の扉を押し開けて外に飛び出す。

すると、山の麓に項垂れて歩くオーナーの姿が見えた。

「オーナ――――っ！」

声を張り上げ、全速力で駆けていく。

「タロウ君？」

顔を起こしたオーナーが呆然と立ち止まる。

けれど、それはほんの一瞬で、腕に掛けていたコートを放り出すなりオーナーはこちらに向かって走ってきた。

「オーナー……」

「タロウ君！」

勢いよく胸に飛び込んでいったタロウを、オーナーががっちりと受け止め、きつく抱きしめてくる。

「また会えるなんて……」

嬉しそうに笑うオーナーに頭を撫でられ、涙がジワッと溢れてきた。

「オーナーが人間のボクと一緒にいたいって言ってくれたから……だから長老さまに人間にしてくださいってお願いをしたんです。そうしたら長老さまはすごく怒って、二度とボクの顔なんか見たくないって……」

ぐずり出した鼻を啜《すす》りながら、タロウは真っ直ぐにオーナーを見上げる。

「きっと、もう狸には戻れない……だから、これからもボクをオーナーのそばに置いてください」

「それはタロウ君をちょっと懲《こ》らしめようと思っただけで、本気で言ったんじゃないと思うよ」

「でも、長老さまは本当に怒ってました……それに、オーナーがそばにいさせてくれるなら、ボクは人間のままでいい……」

タロウはひしとオーナーにしがみつく。

仲間たちに会えないのはちょっぴり寂しいけれど、オーナーと一緒にいられるなら狸に戻れなくてもかまわなかった。

「本当にこのままでいいの？」

「ボク、これからもずーっとずーっとオーナーのそばにいたいんです、オーナーが大好きなんです」

「タロウ君……」

顔を綻ばせたオーナーにいきなり唇を重ねられ、タロウはパッと目を瞠る。

「んっ……」

唇を塞がれたから、息ができない。それにこそばゆい。

どうしてオーナーはこんなことをするんだろうか。

でも、唇と唇を合わせているのがなんだか気持ちよく、タロウは抗うことなく受け止めていた。

「ぷはっ……」

さすがに息苦しくなって顔を背けると、オーナーが小さく笑った。

「口を塞がれても鼻で呼吸できるだろう？」

鼻先をちょんと叩かれ、そうかと思ったタロウはペロッと舌を出して見返す。

「今のってなんですか？　誰もやってるの見たことないんですけど？」

「今のはキス、人間は好きな人同士で唇を重ね合うんだ」

「えっ？　じゃあ、オーナーもボクのこと好きなんですか？」

「そうだよ、タロウ君が大好きだよ」

「へっ？」

優しく目を細めたオーナーを、きょとんと見つめる。

自分がオーナーを好きなだけではなくて、オーナーも自分を好きでいてくれたなんて信じられない。

「本当に？」

「本当だからキスしたんだよ」

「うふっ」

嬉しすぎて言葉にならない。

「でも、これは二人だけの秘密だからね」

オーナーが人差し指を自分の唇にあてる。

お互いに好きっていうことを、みんなに言ってはいけない。理由はわからないけれど、オーナーが秘密というのだから黙っていればいい。

「はい」

元気な声で返事をすると、笑いながらタロウの頭を撫で回してきた。

「タロウ君はいい子だね」

誉められたのが嬉しくて、ニマニマしてしまう。

「さあ、後藤君と美加代さんが来る前に部屋へ戻ろう」

「はーい」

腰に手を回してきたオーナーと一緒に、ペンションへ向かって歩き出す。

これからもこうしてそばにいられる。それが嬉しくてしかたないタロウは、弾むような足取りで歩いていた。

第七章

これまでと変わらない日常が戻り、元気一杯のタロウはこれまで以上に仕事に精を出していた。

日々、チェックアウトして帰っていく客を見送り、新たにチェックインする客を笑顔で迎える。

客室を掃除してベッドを整え、食堂や団欒室に掃除機をかけたり、たまにオーナーの薪割りを手伝うこともあった。

いまだに斧を振り上げることができないため、薪を集めて小屋に運ぶことしかできないけれど、前よりたくさん抱えられるようになってきているので、自分では満足している。

一緒に働いている美加代は、自分の息子より素直でよほど可愛いと言ってくれて、よく自宅からお菓子を持ってきてくれた。

後藤とは相変わらず歩み寄れていない。それどころか、彼はタロウに怯えているのか姿を見ると避けるようになった。

タロウの正体が狸だと知ってしまったのだから、後藤が怖がるのも無理はない。それでもタロウは仲よくなりたい思いがあり、機会があればまた声をかけようと考えている。

宿泊客もみないい人ばかりだから、すぐに仲良くなれた。団欒室でお喋りしたり、一緒にゲームをしたりして過ごすこともある。

いろいろ考えると確かにペンションの仕事は忙しいけれど、タロウはこれまで一度も大変だと思ったことがない。

仕事が終われば大好きなオーナーと二人きりになれるから、それを楽しみにしてせっせと働いているのだ。

ただ、心配ごとがまるでないわけではなかった。本当に狸に戻ることができないのかどうか、それがまだ判明していないからだ。

オーナーは、満月の日になればわかると言い、他に確認のしようがないのだから、その日を待ってみようということになった。

満月になって狸に戻ってしまったら、オーナーがどうするつもりでいるのかは、とても怖くて聞けないでいる。

このままオーナーのそばで暮らしたいタロウは、満月になどならなければいいのにと月を見るたびに思っていた。

「あれ？　もうベッドに入ってるのかい？」

パジャマに着替えて脱衣所から出てきたオーナーが、すでに布団の中に潜っているタロウを見て呆れ気味に笑う。

再び人間の姿になってから、タロウはずっとオーナーの部屋で過ごしている。

毎日のように同じベッドで寝ているし、部屋にいる時間も少ないのだから、一緒でいいということになったのだ。

仕事を終えて二人で部屋に戻り、先にタロウがシャワーを浴び、オーナーが次にバスルームを使う。

オーナーは湯船にお湯を溜めて中に入るから、出てくるまでに時間がかかる。

それでも、これから一緒に寝られると思うと心が浮き立ち、待っているあいだすら楽しめた。

今日に限ってベッドに入って待っていたのは、いつもより少し部屋に戻ってくる時間が遅くなったからだ。

ベッドの中にいれば、オーナーもすぐに入ってくる。早く身体を寄せ合って寝るにはどうしたらいいだろうかと考えた末に、タロウはふと閃いたのだった。

「ああ、もうこんな時間か……」

髪を拭いていたタオルを脇のテーブルに置いたオーナーが、タロウが捲った布団の中に身体を滑り込ませてくる。

風呂上がりのオーナーはいつも身体がポカポカしていて、すぐさま身体を擦り寄せた。

「さすがに疲れただろう？　ゆっくりおやすみ」

タロウが顔を上げると、オーナーが唇を寄せてくる。

毎晩、必ず寝る前にキスをしてくれた。

お互いに好きだからキスをする。

大好きなオーナーとキスをするのは嬉しいのだけれど、最近はちょっと困っていた。

最初のころは唇と唇を重ねていただけなのに、オーナーが急に口の中に舌を入れてくるようになったのだ。

口の中で舌を這《は》い回らせたり、タロウの舌をきつく吸ったりする。そのたびに胸の奥深いところがズクンとして、股間がムズムズし始めた。

どうしてこうなってしまうのかわからない。訊けば答えてくれると思うのだが、漠然とながらも恥ずかしいことのような気がして言えないでいた。

「んっ……」

何度も舌を吸われて、いつも以上に股間がムズムズしてくる。

そこがひどく熱く感じられ、我慢できそうになくなったタロウは、顔を背けてオーナーの唇から逃れた。

「はぁ……」

「顔が赤いけど大丈夫？」

タロウの髪を指先でそっと掻《か》き上げながら、オーナーが顔を覗き込んでくる。

「だ……大丈夫……おやすみなさい」

あちらこちらが火照っているけれど、理由を言えないから布団に潜り込んだ。

「おやすみ」

笑いながらオーナーが照明を消してくれたけれど、いつものように身体をぴったりと寄せられない。

ムズムズする股間にちょっとだけ触れてみたら、信じられないくらい硬くなっていた。

これは絶対におかしい。なにか身体に異変が起きているのだ。

もしオーナーが異変に気づいたら、心配するに決まっている。

だから、気づかれないように少しだけ身体を離し、両膝を胸に引き上げた。丸くなって寝る習慣があるのを知っているから、たぶんオーナーは変に思ったりしない。

いつだってしばらくすればムズムズは治まっているから、硬くなっているのも同じように治るはず。

朝になったらなんともなくなっていることを願いながら、タロウは大好きなオーナーの隣で静かに目を閉じた。

第八章

ついに満月の日がやってきた。

陽が落ちるより先に丸い月が姿を現し、朝から落ち着かないでいたタロウは、ますますドキドキし始める。

狸に戻るのが満月になった時点なのか、満月が夜空に輝き始めたときなのか知らないため、月が欠けるまで待ってみるしかなく、長い一日になりそうだった。

「寒いだろう？　風邪を引くよ」

カーテンを開け放した窓の前に置いた椅子に両足を引き上げて座り、部屋に戻ってからずっと月を眺めているタロウに、オーナーが毛布を掛けてくれる。

「ありがとうございます」

隣に立ったオーナーが身を乗り出し、夜空に輝く丸い月を見上げた。

「なにか変わった感じする？」

振り返ってきたオーナーに、タロウは首を横に振って見せる。

身体にはなにも変化を感じていない。

長老は本当に自分を人間にしてしまったのだろうか。それならそれで嬉しいけれど、オーナーがどう思っているかが問題だ。

「ああ、そうだ……」

再び満月を見上げていたオーナーが、ふとなにかを思い出したようにタロウに顔を向けてきた。

どうしたのだろうかと、にこやかな笑みを浮かべているオーナーを見上げる。

「わっ」

いきなり肩を掴んで顔を近づけてきたオーナーが、大きな声をあげてタロウを激しく揺さぶってきた。

「ぎゃぁ――――っ」

飛び上がるほど驚き、椅子から転げ落ちる。

「いったぁ……」

「ごめん、ごめん、でも派手に驚いたのに尻尾も耳も現れなかったよ」

手を差し伸べてきたオーナーの言葉にハッとし、痛みも忘れて尻や頭を触りまくった。

心臓がバクバクするくらい驚いたのだから、尻尾と耳が出てきていいはずなのに、手にはなにも触れなかった。

「ホントだ……」

「満月がなんらかの作用をするのであれば、満月になった時点で狸に戻っていたと思うんだ。でも、タロウ君は今も人間のままで、驚いても耳や尻尾が現れなかったから、もう狸に戻ることはないいんじゃないかな」

腕組みをしてタロウを見ていたオーナーが、しみじみと満月を眺める。

もう狸には戻れない。それはタロウにとって願ってもないことだ。けれど、オーナーはどう思っているのか。このままそばにいることを許してくれるのか。

そのことが気がかりでならないタロウは、勇気を振り絞ってオーナーを見上げた。

「オーナー……ボクはここにいてもいいんですか？」

「タロウ君はどうなの？　仲間が暮らす狸の村に戻れなくていいの？　寂しくなったりしない？」

逆に問われ、タロウはすぐさま答えを返す。

「オーナーと一緒にいられるなら寂しくなんかありません。狸が人間として生きるのは本当だったらいけないことなのかもしれないけど、ボクはオーナーのそばにいたいです」

「よかった、君が狸に戻りたいって言ったらどうしようかと思っていたんだ」

安堵の笑みを浮かべたオーナーに抱き寄せられる。

思ってもみなかった言葉に、タロウは嬉し涙を流す。

「オーナー……」

感激のあまりひしとしがみつくと、そっとあごを掴んできた手で顔を上向かされた。

柔らかに微笑みながら頬を伝う涙を指先で拭ってくれ、そしてキスしてくれる。

「んっ……」

いつもより深く唇を重ねてきたオーナーに、すぐ舌を搦《から》め捕られた。

踵《かかと》が上がるくらいきつく舌を吸われて、一気に股間がムズムズし始める。今日はそこが熱くなって、硬くなるのをはっきり感じた。

互いの身体をぴったりくっつけているから、このままだといずれオーナーに気づかれてしまうだろう。

恥ずかしさを覚えたタロウは、唇を重ねたままどうにか股間がオーナーに触れないようにしようと足掻《あが》いた。

けれど、熱のこもったキスを続けるオーナーに腰をグイッと引き寄せられ、無駄な足掻きに終わってしまう。

「はふっ」

突然、キスを終わりにしたオーナーが、赤く火照っているタロウの顔を見つめてくる。

「キスに反応してくれるなんて嬉しいな」

喜んでいるのが不思議に思えて首を傾げると、オーナーがムズムズしている股間にデニムパンツの上から手をあててきた。

いきなりそんなところを触られた驚きにサッと腰を引いたけれど、オーナーは手を放してくれない。

触られたところが、さっきよりも熱くなる。まるでそこに血が集まっていくみたいに、ドクンドクンと疼《うず》いていた。

初めて味わう感覚に、戸惑いよりも恐怖を覚える。自分の身体になにが起こっているかわからないから、怖くてしかたなかった。

「怖がらなくても大丈夫、ここが熱くなって大きくなるのは、タロウ君が僕を好きな証拠だから」

「えっ？」

オーナーが嬉しそうな顔をしているから、タロウはよけいにわからなくなる。

ずっと前からオーナーのことが大好きだった。それでも、股間がこんなふうになり始めたのは最近のことだ。いったいなにを言っているのだろうかと、しきりに首を捻《ひね》る。

「タロウ君がまだ知らないことを教えてあげるから、ベッドに行こう」

腰を抱き寄せてきたオーナーに、ベッドへ導かれていく。

表情や口調はいつもと同じで優しいけれど、腰に回された腕はいつになく力強い。なんだかオーナーらしくない。

いつもと違うオーナーがちょっと怖くて萎縮すると、股間の熱がスーッと引いていった。

「さあ座って」

促されるまま、ベッドに並んで腰かける。

「そんな顔をしなくても大丈夫、怖いことなんてなにもしないよ」

不安いっぱいの顔で見返すと、和らいだ笑みを浮かべたオーナーがキスをしてきた。

「んんっ……」

キスしたままベッドに押し倒され、大きな身体を重ねられる。

ふかふかのベッドに、タロウの身体が沈み込む。

甘いキスを繰り返され、いったんは静まった熱がすぐに舞い戻ってきた。

口の中を舐め回され、搦め捕られた舌を吸われ、どんどん熱が高まっていく。

「ふっ……んん……」

不安などいつしか吹き飛び、タロウはキスに夢中になる。

オーナーも自分と同じように身体を熱くしているのだろか。そんなことをふと思ったタロウの股間を、オーナーが片手で包み込んできた。

「ふあっ」

キュッと握られたとたんにそこがズクンと疼《うず》き、かつて味わったことがない感覚に慌てたタロウは、咄嗟に顔を背けて唇から逃れ、オーナーの手を押さえる。

「オーナー……」

「人間も狸と同じで好きな相手と身体を繋《つな》げ合うんだよ。でも、その前にタロウ君を気持ちよくさせてあげる」

困り顔で見ているタロウに優しく言い聞かせてきたオーナーが、デニムパンツの前を開いて手を滑り込ませてきた。

「ひっ……」

猛烈に熱くなっているそこを直に大きな手で握られ、仰天したタロウは逃げ惑う。

けれど、オーナーに片腕で抱き留められて、動きを封じられた。

「こうして擦ると気持ちいいだろう？」

そんなことを言いながら、タロウの中心部分を握っている手を動かしてくる。

ヒリヒリするくらい熱くなっているそこが、じんわりと甘く痺《しび》れてきた。

あまりの気持ちよさに、身体の力が勝手に抜けていく。

トイレで用を足すときや、シャワーを浴びて身体を洗うときに自分で触るけれど、なにも感じなかった。

それなのに、オーナーに擦られると気持ちよくてしかたない。もっともっと擦ってほしくて、強請《ねだ》るように腰を揺らす。

「うふっ……ん」

オーナーに手早く扱《しご》かれて、自分でも驚くくらい甘ったるい鼻声がもれた。

「きゃふっ」

先端を掌《てのひら》でくるくると撫で回され、腰が大きく跳ね上がる。

握られている中心部分が、どんどん膨れあがっていく。なにか得体の知れないものが下腹の奥から迫《せ》りあがってきて、今にもオーナーの手の中で爆発しそうだった。

「オーナー……ボク、なんか変……」

状況を上手く説明できないタロウは、オーナーの腕を掴んで救いを求める。

「そのままお腹に力を入れてごらん、今よりもっと気持ちよくなれるよ」

タロウの頭を抱えたオーナーが、額に唇を押し当ててきた。

今でも充分すぎるくらい気持ちがいいのだから、それ以上になったらおかしくなってしまいそうだ。

それでも、今以上の気持ちよさを味わってみたい思いがあるタロウは、熱の塊が渦巻いているような下腹に意識を向け、思いきり息む。

「うっ……ん」

オーナーに握られているそこから、なにかが飛び出しそうな感覚に襲われる。

もっと力を入れたら、きっとなにかが飛び出す。そうすれば、すっきりできそうな気がした。

無意識に腰を浮かしたタロウは、渾身《こんしん》の力を込めて息んだ。

「うっ……くぅ……」

息むと同時にオーナーの手の中にある中心部分の熱が炸裂《さくれつ》し、先端から白い液体がピューッと飛び出した。

その感覚が我を忘れるくらい気持ちがいい。なにが起きたのかわからないけれど、ただただ心地いい。

身体全体に甘い痺れが広がっていき、このまま蕩《とろ》けてしまいそうな感じがしている。

「はぁ……」

惚《ほう》けたように口を開け、全身をくまなく満たしていく余韻に浸った。

「今のは男だけが味わえる快感で、射精って言うんだよ。気持ちよかっただろう?」

片肘をベッドについて上体を起こしたオーナーが、熱に潤んだタロウの瞳を見つめてくる。

あまりの気怠《けだる》さに声を出すのが億劫で、タロウはコクコクと黙ってうなずき返した。

用を足すための道具だと思っていたから、擦ると気持ちよくなって白い液体が飛び出すなんて不思議でならない。

「あっ、あの……」

「なに?」

「オーナーも大きくなってるんですか?」

ふと頭に浮かんだ素朴な疑問を口にすると、オーナーがタロウの手を取ってきた。

「もちろん、タロウ君が好きだからこんなになってるよ」

柔らかに目を細めてそう言いながら、タロウの手を自分の股間に導く。

興味津々で触ってみると、オーナーが穿いている黒いズボンの股間が大きく盛り上がっていた。

そればかりか、掌にじんわりと熱が伝わってくる。直に触れたらどれほど熱いのか気になり、タロウはオーナーのズボンに手をかける。

「タロウ君？」

慌てたようにオーナーが腰を引き、タロウの手を押さえてきた。

「オーナーのがどうなってるのか触って確かめたいです」

「触りたいって……そんなことされたら自分を抑えられなくなるよ」

オーナーはかなり困ったような顔をしている。

自分の中心部分を触られたタロウは、なぜオーナーが困っているのか理解できない。

「なんで駄目なんですか？」

納得がいかないタロウはオーナーの制止を振り切り、強引にズボンの前を開いて下着を引っ張る。

すると、自分のとは比べものにならないくらい太くて長い棒が飛び出し、ブルンブルンと揺れた。

「すごーい……」

タロウは呆気に取られて見つめる。

自分よりも体格がいいから、当然、中心部分も自分より大きいと思っていたが、想像を遙かに超えた逞《たくま》しさだった。

「タロウ君、もう限界だ……」

いきなりのし掛かってきたオーナーに、身体を押さえ込まれる。

あまりにも急なことに驚き、タロウは目を丸くして見上げた。

オーナーは見たこともない切羽詰まった顔をしている。それに、いつもは優しい瞳がやけに熱っぽい。

「もう少し待とうと思っていたのに……」

そう言って唇を噛みしめ、ひとしきり見つめてきたオーナーが唇を重ねてくる。

「んっ……」

唇を舐めたり噛んだり、口の中で舌を這わせたりしながら、タロウが着ているセーターの裾から手を滑り込ませてきた。

大きな手で肌を撫で回され、胸の突起を爪で引っ掻かれ、こそばゆさに身を捩《よじ》る。

「ふ……んんっ……」

やめてと言いたいのに、唇を塞がれているから言葉にできない。

「ん――っ」

搦め捕った舌をきつく吸い上げ、胸の突起をキュッと摘《つま》まれ、次第にタロウは身体の熱が高まっていく。

あまりにも長いキスに頭がクラクラし始めたそのとき、ようやくオーナーが唇を離してくれた。

「はふっ」

短く息を吐き出し、胸を大きく上下させる。

「タロウ君、さっき僕が人間も身体を繋《つな》げ合うって言ったのを覚えてる？」

「はい」

「それがどういう意味かわかる？」

問いかけてきたオーナーを、大きく目を瞠って見返す。

狸は繁殖期になると交尾をする。それと同じ意味だろうと思うのだが、狸は牡同士で交尾はしない。

「人間も交尾のようなことをするってことですよね？　でも男同士でできるんですか？」

素朴な疑問を口にすると、オーナーが苦笑いを浮かべた。

「男同士でもできるよ、タロウ君がいやでなければ」

「好き合ってるから身体を繋げるんですよね？」

「ああ、そうだよ」

「じゃあ、オーナーと交尾したいです！　ボク、オーナーのこと大好きだから」

大好きなオーナーと早くひとつになりたい。そう思った瞬間、タロウはオーナーに抱きついていた。

「タロウ君……」

困ったような、それでいてどこか嬉しそうな顔をしたオーナーが急に起き上がり、タロウが着ている服に手をかけてくる。

「オーナー?」

「服を着ていたら、身体を繋げられないからね」

「あっ、それなら自分で脱ぎます」

そそくさと身体を起こし、セーターから脱いでいく。

すると、小さく笑ったオーナーが、自分のシャツのボタンを外し始めた。

互いにせっせと服を脱いでいき、あっという間に裸になる。

「おいで」

差し伸べられた手を取ると、優しく抱きしめられた。

そのままベッドに横になり、タロウのあちらこちらにキスしてくる。

何度も腕に抱かれて寝てきたけれど、互いに裸だから妙な感じがした。

それでも、直に肌を触れ合わせるのは心地よく、温もりと鼓動に安堵感を覚える。

「ひゃっ……」

背中を撫でていたオーナーの手が尻のあいだに滑り込み、自分でも見たことがない穴に触ってきた。

「ここを使って身体を繋げるから、ちょっと我慢して」

「えっ？」

「僕のこれを、タロウ君のここに挿《い》れるってこと」

考えてもみなかったタロウは、息を呑んでオーナーを見返す。

「他に身体を繋げる場所がないだろう？」

「そうですけど……」

反論の余地はなかったけれど、オーナーの立派なものを目にしてしまったから、にわかに恐怖を覚えた。

「ちゃんと慣らしてあげるから大丈夫、さあ口を開けて」

そんなことを言いながら、オーナーが自分の人差し指をタロウの口にあててくる。

反射的に口を開けてしまい、長い人差し指を咥《くわ》えさせられた。

なにをしようとしているのか、タロウはさっぱりわからない。

長い指を繰り返し抜き差しされ、口の中に溢れてきた唾液が唇の端から零れる。

真っ直ぐに見つめてくるオーナーの瞳は相変わらず熱っぽく、なんだか恥ずかしくなってきたタロウは目を逸らした。

「タロウ君は本当に可愛いな」

甘ったるい声が耳をかすめると同時に口から指が抜かれ、すぐさま唇を塞がれる。

「んっ……」

唾液が溢れる口内を今度は舌で弄り出した。

ねっとりとした舌を絡め合っているうちに、変な気分になってくる。

「あひっ」

唾液に濡れた指が尻の穴に入ってきた。

ビクンと肩が跳ね上がり、キスどころではなくなる。

「力を抜いてジッとしてて」

頭を抱き込んできたオーナーが、髪に唇を押し当ててきた。

そうされると安心して力が抜ける。けれど、尻の穴に挿れられた指を動かされたとたんに、全身が強張ってしまった。

ひどく気持ちが悪い。痛みもあり、なにより窮屈だ。指でこれほどきついのに、あの逞しい塊が入るとはとても思えない。

それでも、大好きなオーナーと身体を繋げ合いたい一心で、我慢しようと頑張る。

「ひゃっ……」

尻の穴に意識が向かっていたタロウは、いきなり股間が甘く痺れて身を震わせた。

オーナーが尻の穴を弄りながら、互いのモノを擦り合わせてきたのだ。

熱くて硬い塊の脈動が、自分のそれに伝わってくる。変な感覚だけれど、肌が細波《さざなみ》立つほど気持ちいい。

「あふ……んんっ」

どんどん股間が熱くなっていき、次第に大きくなってきた。

そうなると感度がよくなり、より気持ちよくなる。

「あうっ」

甘い痺れに浸っていたら、いきなり尻の奥に指を押し込まれ、駆け抜けた痛みに背が反り返った。

「ごめん、痛かった?」

「だ……大丈夫……」

指で広げられた穴がピリピリしたけれど、オーナーと身体を繋げるためだと自分に言い聞かせ、平気な顔をしてみせる。

好きな人とひとつになるのは大変なんだと改めて思う。他に方法がないのだからしかたないとわかっていても、人間はおかしな生き物だと呆れてしまう。

けれど、そうしたタロウの思いを知ってか知らずか、オーナーは深く差し入れた指を大胆に動かし始めた。

何度も出し入れされ、痛みが次第に薄れていく。それでも、けっして気持ちがいいものではなく、気を逸らすために股間から湧き上がる快感に意識を向けた。

「ひぇ――――っ、ひゃあ……」

唐突に身体の中でなにかが炸裂し、タロウは悲鳴をあげてジタバタする。

「やっ……オーナー、やだ、やだ……」

しきりに頭を振って逃げ惑う。

射精したときと同じ感覚が立て続けに起きている。

それなのに、気持ちがいいどころか辛い。ギンギンに張り詰めた自分のモノが痛くてたまらなかった。

「ずいぶん馴染んできたな……」

わけのわからないことをつぶやきながらオーナーが指を抜き、タロウは一瞬にして脱力する。

「はぁ……」

「タロウ君、ようやく君とひとつになれる」

感慨深げに言ってタロウを仰向《あおむ》けにすると、両脚のあいだに割って入ってきたオーナーが膝立ちで見下ろしてきた。

視線を感じて見上げたタロウは、股間で揺れ動く隆々としたオーナー自身を目にしたとたん、恐れを成してベッドの上でずり上がった。

「無理……絶対に無理……」

尻の穴に入る大きさではない。

どう考えても無理だと思って拒もうとしたけれど、オーナーは待ってくれなかった。

タロウの足首を掴んで膝を曲げると、そのままベッドに膝頭を押しつける。

大股開きで尻の穴が丸見えになり、さすがに慌てたタロウは咄嗟に枕を掴んで投げつけた。

「人間の身体は丈夫にできてるから心配しないで」

不安でいっぱいだというのに、オーナーは笑っている。

信じて身を任せたいけれど、とてつもない大きさのモノを目の当たりにしたら、おとなしくなどしていられなかった。

「待って……オーナー……」

必死に止めようとするタロウに、オーナーはこともあろうに微笑み返し、有無を言わさず尻の穴に太い楔《くさび》の先端をあてがってくる。

「うっ……ぎゃ―――――っ」

覚悟を決める間もなく貫かれ、衝撃的な痛みに叫び声をあげた。

身体が二つに裂けたみたいだ。痛みしか感じていない。

オーナーと身体を繋げたいと思ったことを、今になって激しく後悔する。

「はぁ……たまらない」

深いため息をもらしたオーナーが天を仰ぐ。

どうしてうっとりしているのだろう。痛い思いしかしていないタロウは、涙に濡れた瞳でオーナーを見上げる。

「タロウ君の中、温かくてすごく気持ちいいよ」

視線を移してきたオーナーが、身体を重ねてきた。

「くっ……」

激痛に顔をしかめたタロウの鼻先に軽くキスをし、熱のこもった瞳で見つめてくる。

「痛い思いをさせてごめん、でも最初だけだから」

「オーナーは気持ちいいんですよね？」

「ああ、すごく気持ちいいよ。それに、やっとタロウ君を手に入れられたから、最高の気分だ」

オーナーが浮かべた満面の笑みに、ふと喜びが湧き上がってきた。

痛いのに喜んでいる自分が不思議だったけれど、なぜか嬉しくてしかたない。

「よかった……」

「うん？」

「オーナーが喜んでくれて、ボクも嬉しいです」

「ありがとう」

破顔したオーナーが、ゆっくりと腰を動かし始める。

「いっ……」

またしても痛みに襲われて顔をしかめたら、動きを止めて股間に手を入れてきた。

すっかり縮こまってしまっているタロウ自身をやんわりと握り、まるであやすように揉みしだく。

柔らかな刺激にそこがムズムズしてきて、強張っていた顔がすぐに緩んだ。

それを見たからか、オーナーがまた腰を動かしてきた。

動く度に尻の穴が痛んだけれど、弄られている股間のモノが気持ちよくて、意識が散漫になる。

痛いのに、気持ちがいい。はじめは半々だったのが、己自身の感度がよくなっていくほどに、痛みを忘れていった。

「あっ……オーナー……」

下腹の奥から熱い塊が迫り上がってくる。

初めての射精で覚えたあの感覚だ。

「もうイキそう?」

聞いたことがない言葉だったけれど、それの意味するところがなんとなく理解できたタロウは、コクコクと何度もうなずいた。

「わかった、一緒に気持ちよくなろうね」

優しく微笑んだオーナーが、手の動きを止めることなく、腰を激しくタロウの尻に打ちつけてくる。

「ひえっ……」

擦られている自分のモノは熱くていまにも弾けそうなのに、オーナーの動きが激しくて痛みが舞い戻ってきた。

一刻も早く射精したくてたまらないタロウは、必死に意識を股間に集中させる。

「タロウ君……」

声を上擦らせたオーナーの動きが、よりいっそう速くなった。

自分と同じように、射精したくなっているのかもしれない。

オーナーと一緒に射精したいといった思いが急に湧き上がり、タロウは頑張って我慢をする。

「あぁぁ……ふぁ……」

硬く張り詰めた自分のモノを手荒く扱かれ、我慢しようにもできなくなってきた。

射精したくて腰が前後に揺れてしまう。もうこれ以上は我慢できそうになかった。

「出ちゃう……オーナー……もっ」

タロウが息んだとたんに、堰《せき》を切ったように白い液体が先端から噴射する。

「くっ……」

ほぼ同時に短く呻いたオーナーが、ひときわ強く腰を打ちつけてきた。

衝撃にずり上がりそうになったタロウの身体を抱きしめ、オーナーがピタッと動きを止める。

「あっ……」

身体の奥深いところが、熱に満たされていくのを感じた。

きっとオーナーが射精をしたのだろう。

身体を繋げて、一緒に射精した。

恐怖と痛みを乗り越えて得られた幸せに、タロウは感激で胸がいっぱいになる。

「はぁ……」

大きく息を吐き出したオーナーが、しっかりとタロウを抱きしめ頬を擦り寄せてきた。

いつの間に汗を掻いたのか、オーナーの肌が濡れている。

けれど、気持ち悪いと思うどころか、汗に濡れた肌すら心地よく感じられた。

「挿れたままだと痛い？」

耳元で訊かれ、小さな声で「平気」と答える。

痛みは忘れていただけで消えたわけではない。それでも、身体を繋げ合っているのが嬉しくて、しばらくこうしていたかったのだ。

「じゃあ、少しだけこのままでいさせて」

そう言ったきり、オーナーは黙ってしまった。

自分と同じ思いでいてくれるのだろうか。そうだったら嬉しい。

痛みは残っていても、すごく満たされた気分で気持ちがよかった。

これからは、人間のタロウとしてオーナーのそばにずっといられる。

我が儘を言ってしまったことを長老に謝りたいし、母親にも狸の村を出た理由を説明したいけれど、仲間のもとに戻ることは叶わないだろう。

自分にできるのは、狸の村の平和と仲間の健康を祈ることだけ。

それで許されるわけではないとわかっている。それでも、仲間をいつも忘れず心に留めておかなければいけない。

人間となってオーナーの腕に抱かれる幸せを噛みしめながらも、タロウは狸の村に思いを馳《は》せていた。

第九章

オーナーと身も心も結ばれてからのタロウは、これまでと同じくペンションで働きながら、賑やかな日々を送っていた。

あれから一カ月が過ぎたが、身体にはなんの変化も起きていない。オーナーは健康面の心配をしたが、いたって元気だった。

大好きなオーナーと一緒にいられるばかりか、さまざまな人間と知り合えるのが今では楽しみになっていた。

ただ、誰とでもすぐに仲よくなれるし、それが喜びに繋がるというのに、相も変わらず後藤だけは愛想がないのが気になっている。

「このあとチェックインするお客さまはいないし、向こうの仕事も一段落したから、なにかお手伝いさせてくださいってばぁ」

厨房に顔を出したタロウは、懲りることなく後藤との接触を試み続けていた。

「寄るな！　あっちへ行け、化け物」

　後藤が手にした包丁を振り回して、タロウを追い払ってくる。

「もう化け物じゃありませんって、何回、言えばわかるんですか？　ボクは人間になったんですから、尻尾も耳も現れないんです」

「そんなこと信じられるか！　化け狸のくせに」

「じゃあ、驚かしてみてくださいよ、そうすればわかりますから」

「あんなへんてこな姿は二度と見たくないね」

「もうっ」

　後藤と言い合っているところに、オーナーが入ってきた。

「なにをしてるんだい？　お客さまがいらっしゃるんだから、静かにしてくれないと困るよ」

　後藤のせいで叱られたタロウは、いーっと歯を剥いてみせる。

　それを見た後藤が、手にしている包丁を握り直して睨みつけてきた。

「オーナー、オーナー、後藤さんがボクのこと化け物って言うんです」

「おまえは化け物だろ、オーナー、この化け物に厨房に入るなって言ってください」

「また化け物って言ったー」

悔しくて地団駄を踏んだタロウの肩に、オーナーがポンと手を置いてくる。

「声が大きいよ」

「ごめんなさい……」

また叱られてしまったタロウは、しゅんと項垂れた。

「後藤君も化け物という言い方はよくないよ。タロウ君はもう狸に戻ることはないから、普通に接してあげてくれないか？」

「ホントですか？　いつかポンって狸に戻ったりするんじゃないんですか？」

オーナーに諭された後藤が、疑《うたぐ》り深い目でタロウを見てくる。

「まあ、世の中に絶対はないから僕も断言はできないけど……」

「ほーら、やっぱり。とにかく俺は化け物の手伝いなんていらないんで、厨房には入れないでくださいね」

憎らしい言い方をした後藤は、もう用はないとばかりに背を向け、夕食の仕込みを再開してしまった。

「しょうがないなぁ……」

呆れ気味に言って肩を落としたオーナーに出ようと促され、タロウは並んで厨房を出ていく。

「後藤さんと仲よくなりたいのに……」

「もうちょっと時間がかかるかもしれないね」

「仲よくなれますか?」

「あれだけ言い合いができるんだから、まんざら心を開いていないわけでもないように思えるけどね」

「そうだといいんですけど……」

オーナーは慰めてくれたけれど、タロウはしょんぼりしたままだ。

ペンションにやってくるほとんどの人間と仲よくなれるのに、なぜ後藤だけは自分を受け入れてくれないのだろう。

もとが狸であることを知らずにいたら、後藤ともいずれ仲よくなれていたのだろうか。

悲しいやら、悔しいやら、こうなったら是が非でも仲よくなりたくなってくる。

「オーナー、お客さまですよー」

美加代に呼ばれたオーナーが、首を傾げて足を速める。

これからチェックイン予定の客はいない。山奥のペンションに飛び込みで宿泊する客など皆無だ。

いったい誰が訪ねてきたのだろうかと不思議に思い、タロウはすぐさまオーナーのあとを追う。

「いらっしゃいませ」

オーナーの声が聞こえる玄関まで小走りで行くと、なんと見覚えのある和服姿の老人が立っていた。

「長老さま……」

「長老さま？」

オーナーが驚きに目を丸くしてタロウを見てくる。

「長老さま、どうして……」

いきなり姿を見せたことで、にわかに不安を覚えたタロウは、オーナーが着ているシャツを無意識に掴んだ。

「タロウ、元気にしておるようだな」

「はい……」

怒りの欠片もない穏やかな長老の顔をみたら、一気に涙が溢れてきた。

「長老さま、ごめんなさい……我が儘を言って……」

深く深く頭を下げる。

許されないとわかっていても、詫びなければ後悔してしまう。

その思いだけでタロウは何度も頭を下げた。

「もうよい、狸の村からしばらく様子を窺っておったのだが、幸せそうにやっているお前の姿を見てちょっと祝ってやりたくなった」

「えっ？　許していただけるんですか？」

「ああ、愛情深いこの人間のそばにいたいという、おまえの気持ちが理解できたからな」

長老の言葉に、オーナーと顔を見合わせる。

「まさか牡の狸が人間の男と番《つが》いになるとは思ってもいなかったが、タロウを娶ってくれるな？」

長老が真っ直ぐにオーナーを見上げた。

「お許しがいただけるのでしたら、是非ともタロウ君を伴侶として迎えさせてください」

「ならば、さっそく婚儀を執り行おう」

「はっ？」

性急な物言いに、オーナーが困り顔でタロウを見てくる。

「あのう……伴侶とか婚儀とか、よくわからないんですけど……」

「おまえはこの男の嫁になるということだ、さあ行くぞ」

せっかちな長老が妖力を使おうとしていることに気づき、タロウは慌てて止めに入る。

「ちょっと待ってください、どこへ行くんですか?」

「近くの神社じゃ」

長老がそれくらいわからないのかと言いたげな顔で、タロウを見返してきた。

「わかりました、ご一緒しますので少々お待ちください」

そう言い残して、オーナーが奥に消える。

たぶん、美加代に留守にするあいだのことを頼みにいったのだろう。案の定、いくらもせずにオーナーは戻ってきた。

「さあ、行きましょう」

オーナーがそう言うと、あたりを丹念に見回した長老がひとり納得顔でうなずき、タロウたちを見てくる。

「ともに飛ばすから、おまえたち手を繋げ」

「はい」

解せない顔をしているオーナーを他所《よそ》に、タロウはしっかりと手を繋いだ。

いきなりとんでもないことになったけれど、オーナーの嫁になると思っただけでワクワクしてきた。

「いくぞ」

長老の一言で見えない力に身体がグイッと引っ張られ、慌ててオーナーに抱きつく。

「目が回るから気をつけてください」

何度か飛ばされたタロウが注意を促すと、オーナーが目を瞑った。

まもなくして凄い速さの回転が始まり、頭の中が白くなり始めたところでトンとどこかに降り立つ。

こんなに静かな到着は初めてだ。それに、頭と身体がやけに重たい。なにかずっしりとしたものを身に着けている感じがした。

「タロウ君、それ……」

「オーナー……」

ほぼ同時に声をあげて互いに指をさすと、眉根を寄せたオーナーが自分に目を向けた。

「えっ？　羽織と袴《はかま》……」

和服姿のオーナーが、両手を広げて笑う。

「ボクはどうなってるんですか？」

自分が着ているのは色が違っているから、気になってしかたないタロウはオーナーを見上げて急かす。

「どんな格好をしているのか教えてください」

「タロウ君は白無垢《しろむく》姿だよ。角隠しがすごく可愛い」

「白無垢?」

聞いたことがないから、自分の姿が想像できない。

「人間の花嫁さんが身に着ける衣裳《いしょう》だよ」

「花嫁さん……」

とてもいい響きに、勝手に頬が緩んだ。

人間としてオーナーのそばにいられるだけでいいと思っていたのに、嫁として迎えてもらえるなんて嬉しすぎる。

真っ白な花嫁衣裳まで着せてもらえて、もう長老には本当に頭が上がらない。

嬉しくて、幸せで、格好いいオーナーと手を取り合って踊りたい気分だった。

「さあ、あまり時間がないのだ。神主を眠らせているあいだに婚儀を執り行うからそこに並べ」

長老から早くしろと片手を振られ、タロウはようやく神社の中にいるのだと気づく。

神社には一度だけオーナーに連れてきてもらった。

中に神棚があって、参拝者は賽銭《さいせん》をあげ、神様に祈るのだと教えられたが、婚儀もするとは知らなかった。

「タロウ君、おいで」

オーナーに手を取られ、台座に載った大きな丸い鏡を背に立つ長老の前に行った。

ちょっと身体をずらしたら、鏡に自分が映り込んだ。

全身が真っ白で、頭に変な形の帽子を被っていたけれど、オーナーに可愛いと言われたこともあり、まんざらでもない気がした。

「それでは、婚儀を執り行う」

長老が前を向き、急に緊張してくる。

隣に目を向けると、オーナーは神妙な顔をしていた。

それを見たら、ますます緊張してきて、頬が引き攣《っ》り出す。

すると、オーナーがそっと手を握ってくれた。

（オーナー……）

ちらっと横目で見たら、オーナーはいつになく真剣な顔つきで前を見据えている。

もしかすると、自分と同じで緊張しているのかもしれない。

タロウはしっかりと手を握り返し、真摯な思いで前を見つめる。

間もなくして長老がなにか唱え始めたけれど、なにを言っているのかまったくわからなかった。

それでも、聞いているうちに心が洗われるような気がしてきたタロウは、そっと目を閉じて長老の声に耳を傾けた。

しばらくして長老の声が静かに消えていき、儀式が終わったのだと察して目を開ける。

「タロウ」

「はい」

振り返ってきた長老を、真っ直ぐに見返す。

「おまえはこれから、この男のよき伴侶として生きるのだぞ」

「はい、長老さま」

頭を下げようとしたら、被っているものがズレそうになり、軽くうなずくに留めた。

「おまえは優しく誠実な男だからあり得ないと思うが、タロウを泣かすようなことがあればワシは必ずおまえに罰を下すぞ」

「タロウ君を泣かせたりなどしません、どうかご安心ください」

オーナーがタロウに顔を向けてくる。

自然に互いの顔が綻び、どちらからともなく吸い寄せられるように唇を重ねた。

神聖な空気に包まれて交わすキスは、なんだかいつもと違って感じられる。

深く深く絆《きずな》が結ばれていくような気がした。

「おまえたちな、時間がないというのになにをしておるのだ！」

長老の声が響き、タロウは慌てて飛び退いた。

「すみません……」

すっかり長老の存在を忘れて、感慨深い思いに浸ってしまっていたタロウは、オーナーと顔を見合わせてペロリと舌を出す。

「ごめん、僕が悪かった」

顔を寄せてきたオーナーに耳打ちされ、タロウは笑いながら小さく首を横に振る。

「では、これでワシは帰る。幸せに暮らすがいい」

長老が一方的に言い放ち、返事をする間もなくタロウはオーナーとともに渦に飲み込まれた。

「うわ――――っ」

互いにひしと抱き合い、気がつけば誰もいない裏庭に戻っていた。

「長老さま、ありがとう……」

ひどく慌ただしい婚儀だったけれど、感動的な体験をしたタロウは、心の底から長老に感謝をする。

「もとの姿に戻っちゃったかぁ……」

ため息交じりに言ったオーナーが、タロウをしみじみと見つめてくる。

「もう少しタロウ君に白無垢姿でいてほしかったな」

「オーナーのあれなんていうんでしたっけ？　羽織となんとか」

「正しくは紋付羽織袴っていうんだよ、日本男子の礼装」

「紋付羽織袴かぁ……すっごい格好よかったです」

「ありがとう、タロウ君も白無垢がよく似合ってたよ」

顔を見合わせて笑った。

貴重な体験をさせてくれた長老に、ますます感謝しなければと思う。

「これからもよろしく、僕の花嫁さん」

オーナーが額にキスをしてくれる。

「こちらこそよろしくお願いします」

ぺこりと頭を下げると、オーナーが手を握ってきた。

「さあ、仕事に戻ろうか」

「はい」

手を繋いでペンションの玄関に向かう。

人間として生きていくのは、平和な山奥で暮らす狸より大変かもしれない。

それでも、優しいオーナーがいつもそばにいてくれるから不安など感じない。

これからも、ずっとずっとオーナーと一緒に過ごせる喜びに浸りながら、タロウは仲よく手を繋いで歩いていた。

あとがき

みなさまこんにちは、伊郷《いごう》ルウです。

このたびは、拙著『タヌキの嫁入り』をお手に取っていただき、誠にありがとうございました。

本作は狸が主人公のケモミミ・ファンタジーとなっておりまして、舞台はとある北国の山奥にあるペンションです。

内容的には鶴ならぬ「狸の恩返し」とでも申しましょうか、どうしても人間にお礼をしたい狸のタロウ君が人間の姿となって山を下り、楽しく賑やかに頑張ります。

天真爛漫で一生懸命なタロウ、そして、少し危なっかしいタロウを放っておけないオーナーのラブストーリーをお楽しみいただければ幸いです。

最後になりますが、イラストを描いてくださいました小路龍流《こうじたつる》先生には、心よりの御礼を申し上げます。

お忙しい中、可愛くて、素敵で、美麗なイラストの数々を、本当にありがとうございました。
タロウは狸のときも人間のときもキュートで最高です！　愛らしい狸にとっても癒やされました。

二〇一五年　冬

伊郷ルウ

長老、トレンドに惑う…。

ガッシュ文庫

タヌキの嫁入り
（書き下ろし）

伊郷ルウ先生・小路龍流先生へのご感想・ファンレターは
〒102-8405 東京都千代田区一番町29-6
（株）海王社 ガッシュ文庫編集部気付でお送り下さい。

タヌキの嫁《よめ》入《い》り

2016年1月10日初版第一刷発行

著　者　伊郷ルウ ［いごう るう］
発行人　角谷　治
発行所　株式会社 海王社
〒102-8405　東京都千代田区一番町29-6
TEL.03(3222)5119(編集部)
TEL.03(3222)3744(出版営業部)
www.kaiohsha.com
印　刷　図書印刷株式会社

ISBN978-4-7964-0814-1